G

○咕
。噜
GuRu

我的上海
我的家

周炳揆 著

 上海三联书店

序

拜仁

一位德国作家说:"在上海,我每天都在接受惊奇。"

上海之所以成为上海,是因为它不但有现代都市的气派,又有精致优雅的日常生活,这种生活,见诸梧桐树树荫下的咖啡馆,也见诸弄堂里、亭子间干干净净的小木床上……

上海之所以成为上海,是因为一代又一代的"上海人",他们并不沉缅于华丽和繁荣,并不津津乐道于风花雪月,而是对城市的历史、文化、建筑充满着热爱;他们在命运多舛中一步一步地走过,令人信服。本书的作者,就是许许多多这样的"上海人"中的一位。

作者在书中叙述了他具有亲切感的武康大楼,以及他对住在大楼里的邻居、长辈、老师、同学的怀念。书

作者画像(汤沐黎[1]画于1969年12月)

---

1 汤沐黎,当代画家。

中许多篇"千字文"向读者展示了上海人的智慧、困惑、欢乐和悲伤。

　　沉重的历史，悄悄地在他们身上留下了印记，上海人就是这样小心翼翼而又坚忍顽强地守护着自己的生活方式。寒来暑往、养儿育女，上海人相互偎依着，在艰辛的生活中，在窄小的居家环境中，他们依然有着自己的伦理、尊严和享受。

作者画像（李又白[1]画于1974年）

　　作者崇尚美。美的本质是和谐。书中不少篇章具有心理学、哲学的韵味，作者感悟到人生不是身心俱疲，人生是一束香气袭人的鲜花。

　　全书语言朴实、文笔隽永，源于作者的生活积累和荣辱不惊的处世态度，写作就是他质朴真诚的释怀方式和过程。

1　李又白，当代画家。

目　录

上辑

家住上海

家住"船"上六十年

我曾和朋友开玩笑说：我的家就住在船上。因为从西面看我们的房子，她就像是一艘船，而我在这艘"船"上一住就是六十几年。

这就是武康大楼，匈牙利建筑师邬达克于 20 世纪 20 年代设计的，外形为法国文艺复兴风格。我喜欢建筑物的厚实砖墙、居室的明亮宽敞、窗外的美丽景观，还有友善、礼貌的住客——他们来自社会的各个阶层，不少外国朋友也住在楼里，这是一个丰富多彩、多元的人文环境。

当然，最令人感慨的还是发生在这幢楼里的往事，它们伴随着我，是我漫漫人生的一部分。记得刚搬到这里的时候，我家在正楼东北侧的车库还附有一间位于二楼的汽车间，用于堆放杂物。大约是 1957 年的一个冬日，房管处和街道的干部来找我母亲，说是现在有不少生活困苦的人没有房子住，转眼寒流就要来了，希望我们把不住人的汽车间捐献出来。母亲二话没说，带着我去汽车间，把里面的箱子、包包等统统搬出了。

这件事放在今天可能有点不可思议，捐献出一间足有 15 平方米的房间全凭房管处、街道干部的一席谈话，也不留有任何的书面文件。但这就是那个时代淳朴的民风。不过，当时其实是有交换条件的，房管处同意我父亲工作单位每天接送他上下班的汽车停在车库里——当然不能停在原来二楼的小间里了，而是给了一个车库底层中间的位置。

"文革"伊始，父亲成了所谓"反动学术权威"，汽车接送的待遇没有了。那个停车的位置后来开了米店，现在是一家小超市，这是后话了。

1966 年 8 月，"抄家风"刮起，我家也被抄多次，居室的前后套间被查封。全家的生活进入了最困难的时期。

一天，家里来了"客人"，他们说话的声音很响，把电话线拉进了被查封的前后套间，不一会，我看到家门口贴了一张"×××××革命造反总部"的标牌。于是，父母亲白天在单位接受批判，晚上还要帮"造反总部"倒烟灰缸、洗茶杯、抹桌子、扫地等，就是在睡眠中还要受到邻居红卫兵校外司令部喧嚷的惊吓。在这乱世尘嚣、群魔起舞的时期，父母亲依然淡定、坚强，他们相信这样的局面不会持久，相信日子会一点点地好起来的。

果然，那个"××××××革命造反总部"在我家办公不过两个来月，就搬去黄浦区的另一个地方了。那个"造反司令"是个大红脸，是父亲单位路桥室的工人，他对父亲倒也蛮客气的，说："谢谢你们每天为我们打扫，房间你们就用吧……"前后套间终于"物归原主"了。父亲拿回房间后做的第一件事，就是蹲到地上用擦地板的细钢丝球把地板上的污垢擦干净，他叮嘱我们在地板上要多打几遍蜡，让备受"伤害"的地板"恢复元气"。

更值得一提的是，我家正门门框的水波纹玻璃是20世纪20年代原配的，共14块，和一个嵌入门框的木制信箱都原汁原味地保留了下来了，这真是奇迹！多年以后，父亲每提起这件事，总是感慨不已，说是多亏了"造反总部"在我家办公，他们毕竟是成年人，不会乱敲乱打。所谓"塞翁失马，焉知非福"，是也。

去年11月，我参加了湖南路街道配合"口述历史"项目召开的座谈会。我告诉与会者：每次回忆武康大楼，想起的并不仅仅是童年时代的趣事，抑或是大楼的淑女名人、美丽景观——你得面对历史，你需要勇敢，因为历史有时候会非常沉重，而你在揭开这一页时内心也会有挣扎的。

也谈武康大楼

淳子女士的一篇回忆孙道临的文章，取名为"诺曼底公寓，在淮海中路拐角上"（见 2008 年 1 月 16 日《新民晚报》"夜光杯"），读后很有感触。我在诺曼底公寓即武康大楼住了 52 年，对这幢精致的建筑有很深的感情。

武康大楼旧称诺曼底公寓。这个名称的来由和第二次世界大战美英联军在西欧登陆的诺曼底半岛毫无关系。在第一次世界大战中，法国有一艘著名的战舰叫"诺曼底号"，战功卓著，后来被德国潜水艇击沉。第一次大战结束，法国是战胜国，这幢位于上海法租界的"斜刺刺的长条，譬如一艘刚停泊了的船"（淳子女士语）的建筑被取名诺曼底公寓，以纪念被击沉的"诺曼底号"战舰，是顺理成章的事。

"文革"开始，淮海路被改名为反修大街，武康大楼一度被改名为反修大楼。但是，没多久又恢复原名，因为"武康"两字，实在是无法和"封-资-修"挂钩的。不过在那个群魔乱舞的年代，武康大楼获得了一个迄今已渐渐被人淡忘的别名，叫"上海跳水池"。当时，武康大楼是上海西区屈指可数的高层建筑，为数不少的无辜的人，不堪忍受文革带来的折磨、摧残，登上大楼跳楼自尽。"跳水池"这一别名，和殉身于大楼的芸芸冤魂，为这幢历史性建筑留下了十年动乱的印记。

武康大楼是哪一年竣工的？有各种说法。我在上海房屋土地资源管理局出具的文件上，看到竣工日期为1911年。这显然是错误的。首先，1911年第一次世界大战尚未开战，诺曼底公寓的命名也无从谈起。其次，武康大楼东侧武康路435号，建有附属于主楼的建筑面积达1700平方米的双层豪华汽车库。1911年，私人汽车尚未大量进入社会，竣工于1911年的公寓竟配备如此豪华的车库，显然不符合逻辑。（顺便说一句，该汽车库至今仍完整地保留着，不过已变成居民住房。建议有关部门恢复车库功能。）

徐汇区文化局发布的资料上有武康大楼"建于1924年"一说。这比较接近于实际情况，但也似乎偏早了一点。武康大楼的建筑设计师是匈牙利人邬达克，是30年代方活跃在上海的一位享有盛誉的建筑设计师，大光明电影院、国际饭店均出自他手，邬达克30年代前的设计风格以复古为主，如武康大楼即为法国文艺复兴式。这样推算，武康大楼的竣工日期应在1930—1931年之间。另有一点可以佐证，家父生前多次和我谈起，他在交通大学就读时，亲眼目睹武康大楼的建造。家父就读交通大学，应该在1927—1932年，这就从另一角度，证明武康大楼的竣工日期应在

1930 年左右。

　　武康大楼是上海最早的外廊式公寓建筑，共九层，楼高 30 米。公寓坐北朝南。建筑外形为法国文艺复兴风格，第一、二两层处理成基座，连续半圆券廊，水泥仿石墙面；第三至七层为清水暗红砖，典雅古朴。幸运的是，徐汇区房屋维修部门对历史建筑有很强的保护意识，没有赶时髦，把武康大楼的外墙"现代化"。楼的第三层有三角形古典山花窗楣，第八层则处理成檐部，仍为水泥仿石外墙。我在法国多次看到类似设计风格的建筑，不过可以毫不夸张地说，如果把武康大楼搬到巴黎，也绝对是巴黎不可多得的建筑精品。

兴国路上的小吃摊

兴国路就在我家的右拐弯处。20 世纪 60 年代初，这里 5 分钟的步行路程就有三爿小菜场，而和小菜场结伴而生的路边小吃摊，总是上海滩的一大风貌。我当时就读的淮二小学下午上四节课，我发现一位叫国良的同学在第四节课时总是不见人影。有一天放学后，我在兴国路上看到他在帮人余萝卜丝油墩子。一切都明白了。

奇怪的是，班主任庄老师也不责备国良缺课。有一天，趁国良不在，他对全班同学说国良家庭有困难，希望大家能够捐助一点粮票给他。我把这事告诉了母亲，她说："我们自家也不宽裕，但是应该帮助困难的同学。"当晚，我拿着母亲给的粮票和当时买点心时要用的"就餐券"兴冲冲地赶去国良的家。国良妈妈借着弄堂里昏暗的路灯，在水龙头下洗衣服，她用围布擦了擦手，接过粮票操着皖北口音连声说，"谢谢，谢谢"，又朝里屋喊话：

"国良，同学来了！"

我走进屋，一间 20 来个平方米的前客堂，没有一件像样的家具，一盏 25 支光的吊灯就是全部的电气设备了，用练习簿的纸裹了裹权作灯罩，棕绷放在两条板凳上，就算是床了，有一个床连棕绷也没有，就是两块"排门板"（当时商店打烊后要上"排门板"保护玻璃橱窗），上面一条没有被夹里的旧棉絮。国良在一张破旧的方桌上做写字课的作业，两个妹妹坐在方桌旁边，大一点的妹妹用一个啤酒瓶盖在"拆纱头"（当时穷苦人家在旧棉织品上拆下纱头，又叫"回丝"，卖给工厂一斤可得 1 角 5 分钱）。

国良爸爸一年前因所谓的"反革命"被遣送青海劳改，一家四口的生活全靠妈妈在龙华拉"塌车"（一种载货的平板车）的微薄收入来维持。在我们升六年级时，就是这样的苦日子也不让过了，国良全家被注销上海户口，遣返安徽农村。

转眼到了八十年代初，政策开放，我又是在兴国路小吃摊见到国良在卖烘山芋。再次见面，他显得老了，才 30 来岁，鬓角处已有白发，烘山芋时的烟气把脸庞熏得黑黑的，胡子没刮，戴着袖套，上衣被烤炉溅出的火星烧出一个一个的小洞……几天以后，我选了几件旧外套给国良送去，他还是住在原来的地方，只是从前客堂搬到后门侧的汽车间了，他和老婆、三个孩子围在一台 9 英寸的飞跃牌黑白电视机前，倒也其乐融融。国良执意要请我吃晚饭，把我带到兴国路、泰安路口的一家饭店。

"我赚的钱肯定比你多，以后就不要给我衣服了，"他压低嗓音告诉我，"在浦东买了套房子，但是不能让派出所知道的。"

见我似乎没有完全听懂，他又说："你知道的，我的户口还在袋袋里，还在跟他们搞呢。"（意思是要派出所允许户口报进。当时外地居民到上海长住要报"临时户口"，俗称"袋袋户口"。）国良买了房子，对于当时月工资加奖金 46 元的我来说，不啻是一个震惊，他那布满皱纹的脸，那被烫鳝鱼的热水泡得白花花的双手，在诉说着震惊背后的故事。我后悔送他旧衣服，怕伤了他的自尊心。不过，就在第二天，我看到国良穿着我的那件旧"的卡"中山装在烘山芋了。

去年六月，一位移居美国多年的老朋友回上海讲学。他和我谈起非常留恋兴国路的小吃摊，说当年上面放一个鲜虾的萝卜丝油墩子是跑遍世界也吃不到的美食。我想起了国良，他或许知道哪里还有卖这个的。我拨打国良的手机号码，停机了，我想他一定是换了号码还没有通知我，在兴国路上起早摸黑、含辛茹苦数十年之后，国良值得有一个安逸的晚年。

趣事多多淮海路

　　淮海中路武康大楼楼下的"紫罗兰"美发厅老店新开了。新开的"紫罗兰"足有四开间门面，可谓风光十足。其实在20世纪50年代，这四开间门面容纳了3爿店，"紫罗兰"有两间，专做女宾，隔壁是一开间门面的"永明理发店"，专做男式，而最靠西面的门面是一家名为"天丰笙"的百货商店，事实上，这家小百货商店一直坚持到20世纪70年代中期淮海中路"中南新村"外沿开出百货商店后才歇业，店面并入了"紫罗兰"。

　　这家小小的百货店必须要提一下，在相当长的时间内它填补了空缺，满足了武康大楼及周边居民对日常用品的需求。公私合营以后，理发店改名为"永明紫罗兰理发公司"。一进店门，左边是男宾部，右边两开间是女宾部，并不是像网上所传"两扇弹簧门，上各书'男宾部''女宾部'"。20世纪60年代，理发店改名为"紫罗兰理发厅"，兼做男女。

当年，武康大楼朝东约200米处有一排白色的砖墙，一直延伸到吴兴路口，墙内是两幢很大的花园洋房。记得一位在警备区工作的邻居告诉我：这是部队办的幼儿园，当时解放战争、朝鲜战争甫结束，幼儿园收容了许多烈士遗孤。20世纪50年代后期进入和平建设时代，这里成为南京军区空军招待所，改革开放后拆除围墙，盖起了"南鹰宾馆"，这是后话了。

淮海中路1743号（吴兴路东首）是一栋很精致的法式洋房，20世纪50年代，这里是一个重要的市属机构"上海市兵役局"，它有一个附楼在淮海中路、吴兴路的转角上，绿白相间，保护得非常好，门牌号为吴兴路2号。"上海市兵役局"成立于1954年10月，负责办理上海市的民兵、征兵等工作。1959年3月上海市兵役局正式撤销，业务划归上海警备区编制和领导。

所以，在距旅游景点武康大楼一箭之遥的淮海中路上，曾经存在过两个很具有历史意义的机构。

再往东，上海图书馆的原址，曾经是众所周知的"可的牛奶棚"。我家1956年搬到淮海路，印象最深的就是透过白色围墙可以看到一头一头的奶牛在吃草、游荡。当时，"可的牛奶棚"还有相当多的挤奶工在运作。不多久，奶牛都迁往大木桥路的牧场去了。

淮海路上可以看到牛的历史终结于1956年的年底。"可的牛奶棚"后来改名为"上海乳品二厂"，在现在上海图书馆东首的地方曾经有一个乳品二厂的门市部，对外卖酸牛奶，0.22元一瓶，但要自备牛奶瓶去调换。后来我发现该门市部内放了几张桌椅，可以在那儿堂吃，门市部的经营很低调，对外也不宣传。在那个物资匮乏的年代，我放学后经常去喝新鲜、价廉的酸牛奶，一大乐事也。

淮海路的老店铺

漫步淮海路，最有韵味的是它的西段，最好的季节是深秋，满地的落叶还来不及清扫，人行道上，枯黄的树叶在脚下发出"咔吱咔吱"的响声。淮海路的情趣和品位，沉淀进了上海人优雅精致的生活方式中，它的一些有情调、有特色的小店铺也沉淀在我的记忆中。

在离华亭路不远处的淮海路上曾经有一家"游禄渔猎商店"（在新康花园对面，现为"三枪"内衣专卖店），专售渔钩、猎枪、气枪之类，橱窗布置很有特色，展示了整张老虎皮的标本，老虎头被两根黑色的松木撑起，对着窗外"虎视眈眈"，橱窗另侧是一把猎枪瞄准虎头。在 20 世纪五六十年代，青少年玩气枪还比较普遍，1958 年除四害时风行用气枪打麻雀，马路边有气枪摊，一角钱打两枪，打中靶心摊主再加一枪。我小学时有一同学是纨绔子弟，在"游禄"买了一把气枪带到学校，老师上算术课在黑板上写的"0"竟被他当靶子用枪射击，结果，枪法不准打到老师的手臂膀，这位同学当即被校方开除。在那个政治运动频繁、极左思潮盛行的年代，"游禄"居然能惨淡经营，直至文革开始才被红卫兵勒令停业。

往西走，淮海路、吴兴路口有过一家"南洋种植园"，店的门面用长的竹片做装饰，漆成绿色，和橱窗内的商品如五针松、棕竹、龟背等相映成趣。"南洋种植园"五个红色的正楷大字在绿色的竹片上非常夺人眼球。店左面是上海交响乐团的正门（后来正门迁至湖南站，现迁至复兴中路 1380 号），右边是空军招待所（现为南鹰饭店）的长达一百多米的白色砖墙。盛夏时，每每走过"种植园"总会感到丝丝凉意。

当年，摆盆景、赏鲜花被认为是资产阶级生活方式，"种植园"的生意当然难以为继，60 年代初就悄然息业。近年来，种植园的旧址开过证券公司、避风塘茶室等，现在是一家按摩店。人们揣想：如果这家"绿色环保"商店能重返淮海路该有多好啊！

再往西行，淮海中路 1854 号，武康大楼半圆券廊内原有一家叫"荣丰"的店。据我父亲说，该店在武康大楼甫建成时的 1930 年就开业了，向居住在周边的外国人供应肉肠、面包、奶酪等西式食品。记得小时候，母亲带我去"荣丰"买八角钱一夸脱（四分之一磅）的白塔牌白脱油，那是个炎热的夏天，我看到营业员裹着棉衣，钻进店后的一个小房间里，诧异不已，原来"荣丰"有一个颇大的店内冷库，在当时的上海，有这样配备的商店是屈指可数的。可惜的是，"荣丰"以及它的冷库也未能幸存下来，店的原址像走马灯似的更换了无数个商家，现在又被一家发廊"接管"了。

20世纪50年代，外国侨民纷纷离去，淮海路上出现了不少寄售、拍卖商店，如"淮国旧""万金记"（雁荡路口，专营旧照相机），以及华亭路口的"创新"（专营古董、摆件）等，与淮海路毗邻的华亭路、普安路还有马路商场，专售各种二手货的家居用品。记得六七岁的时候，父亲带我坐有轨电车去华亭路购得一只"蜡爬"，重25磅，用于家中地板打蜡后的拖刷。时至今日，这只"蜡爬"依然在"服役"。淮海路的老店铺，体面而又不张扬地经历了时光的磨洗，为一代代的上海人留下了说不完的故事。

两代人"人民"缘

　　20 世纪七八十年代，人们着装千篇一律，南京路、淮海路上是"蓝海洋""灰海洋"。不过，和"文革"热火朝天的时期相比，情况已经有了改变。拍结婚照已不时兴戴一个大像章、手执《语录》了。某日，淮海中路人民照相馆的特级摄影师殷孟珍老师打电话给我，说是可以拍婚纱照了，而那天恰巧有一套新的婚纱服刚刚送到。未婚妻最爱干净，我立马给她打电话，要她给车间主任请半天"补休"。

　　一个小时的光景，我们已经在人民照相馆的化妆室了。殷老师的女助手为她化妆，男助手为我戴上领带——已是而立之年，我终于知道领带是何物了！我们拍的是那种 4×6 的单张片，价格不菲，这就要求摄影师有很高的成功率。殷老师摄影技术十分出色，和顾客有几分钟的沟通、交谈，就能琢磨出怎样的角度、怎样的用光才能表现顾客的神态，完成一张出色的照片。

我们 18 平方米的婚房有了一张殷老师定格在 1980 年的婚纱照，在当时是一件奢侈品，亲朋好友看到照片无不啧啧称赞。儿子出世后，在襁褓中，他妈就让他看婚纱照，让他学着认人。久而久之，在他哭闹时，我们就抱他去看照片，奇怪的是他立刻就安静下来，揣摩着妈妈漂亮的衣裳、爸爸红色的领带……

儿子在美国结婚了。他和我谈起拍婚照的安排，他们在南加州，那边有海滩、有亚热带的树林、有好天气，是拍户外婚纱照的好地方。想不到儿子问我："人民照相馆还在吗？"我一时真的答不上来，它从淮海路上消失少说也有十几年了。幸好我有殷老师的电话，她已退休多年，那边传来了她爽朗的声音："现在是韩流、日流、台流……背上相机就自称摄影家了，拍照就像吃快餐。"好消息是"人民"还在，她告诉我，几经周折，现在摄影棚搬到了巨鹿路的一条弄堂里。

我去打了打样，那是一条石库门房屋的弄堂，有八九十年历史了，"人民"的黄经理让我看了摄影棚和满满一房间的婚纱礼服，倒也蛮像样的。我们定了日期，更令人鼓舞的是殷老师也答应亲自到场。她刚从美国旅游回来，七十几岁的人了，身体也不十分的好，可是到了摄影棚，她好像又变成了年轻人，和三十几年前一样地投入在摄影创作的快乐之中。在高科技、数码相机时代，殷老师还是一丝不苟，当年人民照相馆的招牌特色是深色背景的低调照，她依然是拍一张成功一张。

摄影棚内拍完了，殷老师让儿媳穿上红色的旗袍，儿子穿上绛紫色的中装，来到弄堂里拍实景。深灰色的砖墙、石库门的屋檐，凹凸不平的水门汀地，时光仿佛倒流了八十年，回到了张爱玲小说的年代，再现了钱钟书《围城》的情节……"人民"和我们家有缘，在"蓝海洋""灰海洋"时期赋予我们时尚，在"快餐"盛行的今天，又让新一代更珍视传统。

国际饭店的原形

　　春节前，南京西路国际饭店正门的屋檐在装修，檐上挂了横幅，对因施工而造成行人行走不便表示歉意。横幅上还标明国际饭店是全国重点文物保护单位、国际著名建筑师邬达克的代表作。国际饭店的设计出自邬达克，这无疑是对的。但要说它是邬达克的代表作，这并不是事实。

　　邬达克在上海的设计生涯，大致分两个阶段。早期，即1927年以前，他的设计基本上是古典主义的，像上海花旗总会（福州路209号，现上海高级人民法院）、武康大楼等都是那个时期的作品。1927—1928年期间，邬达克游历美国，足迹遍布纽约、芝加哥、加利福尼亚，他深受纽约曼哈顿充满装饰艺术风格的摩天大楼的启发，画了大量的草图。回到上海之后，他的设计基本上是装饰艺术和现代主义风格的结合。而国际饭店其外形设计基本上是纽约曼哈顿建于1927年的一幢叫美国放射大楼（American

Radiation Building）的翻版。

去年我在纽约，特地去曼哈顿中区的第 40 街实地造访了这幢建筑，并拍了照片（如图）。这幢建筑现已改名为美国标准大厦，为拜仁公园酒店（Bryan Park Hotel）所用。从照片上看，国际饭店的外形与其酷似，有趣的是楼内进驻的拜仁公园酒店的命名，和国际饭店英文名称 Park Hotel（直译为"公园酒店"）不谋而合，似有"投桃报李"之虞了。

本人写此文，绝非为了贬低邬达克。恰恰相反，邬达克是一位杰出的设计师。国际饭店的设计源于纽约曼哈顿的一座大楼，正是体现了上海这座城市气质上的包容，建筑风格上的异彩纷呈。举一个近期的例子，静安区铜仁路的嘉里中心，是由一家叫KPF的美国设计事务所设计的。嘉里中心的造型、布局、功能，甚至于占地面积，均与纽约的洛克菲勒中心极为相似。上海的魅力，在于它既典雅又生气勃勃，在面向未来时有一种隽永的历史回味。

情系宋庆龄故居

宋庆龄故居位于我家对面。推开窗户，可以看到这幢精致的英式别墅静静地卧在香樟树、广玉兰树丛中。假三层有一个圆弧形的老虎窗，屋顶是暗红色的砖，屋顶上有两座设计精美的白砖砌成的烟囱。

有许多童年时代的回忆围绕着故居。首先是放鸽子，宋庆龄先生喜欢鸽子。在 20 世纪 50 年代，每天早晨和傍晚，一群白色的和平鸽围绕房子和花园飞翔，鸽子的脚圈上套着鸽铃，放飞时会"嗡嗡"作响。早晨，背着书包上小学，总觉得故居的白色围墙很高，也很长，围墙顶上有漆成绿色的铁杆，还有圆圆的瓷圈（后来知道这是电网）。故居的大门是绿色的，大门外的岗亭是绿色的，岗亭内有目不转睛、持枪站岗的警卫，他的制服也是绿色的。

1956 年秋天的一个下午，故居周围，隔壁的弄堂一下子停满了汽车，从我家六楼的窗口望去，故居前花园的草坪上摆了小方桌，桌上铺了白布……后来知道，那天，宋庆龄先生在家中招待来访的印度尼西亚总统苏加诺。

宋先生作古后，故居对外开放，供游客瞻仰。我陪过许多外国客人去故居参观。有一次，我陪俄勒冈州立大学教授中国近代史的布洛德女士参观，她对陈列室里的展品是那样地感兴趣，于是做记录、问问题……一直到工作人员很有礼貌地提醒我："闭馆时间到了。"我终于发现，布洛德教授对中国近代史的了解，实在是非常有限。

我母亲晚年患帕金森氏症，行动不便。我经常用轮椅推她在周围街道散步，呼吸新鲜空气。宋庆龄故居和它的前花园是母亲最常去也最爱去的地方。她逝世前的最后一次户外活动，也是在宋庆龄故居。那是一个阳光和煦的秋日，她指着房屋右侧的那株大树说："广玉兰树长高了……"

母亲去世了。我们兄弟姐妹决定，每逢母亲逝世的周年纪念日，我们就在母亲遗款中取出一部分，捐献给宋庆龄故居，以表达对这位在中国近代史上起过重要作用的女性的崇敬，也寄托了我们后辈对母亲的怀念。十六年了，宋庆龄故居的馆长换了一任又一任，我们的纪念捐赠从未中断。陆柳莺馆长感谢我们，送我们参观故居的赠券。我们把赠券通过武康、康平里委，转送给社区居民，让更多的人参观、欣赏这座精致的、具有历史意义的庭园。

喜欢秋天？

漫漫长夏终于到了尽头，这几天，人们在街头、店铺的闲聊，或是聚会时的话题，无不充满一种炼狱重生，为秋天的到来而兴高采烈的氛围。

那么，有没有人不怎么喜欢秋天呢？有，我的一位朋友就是。他喜欢下班回家时天还亮着，可以在小区慢跑一小时，而秋天的日照相对短很多，下班回家天都黑了，吃过晚饭似乎就是睡觉的时间了。

我小时候也不怎么喜欢秋天。为什么？因为夏天真是一个让人彻底放松、无拘无束的好时光——学校放假，每天去游泳池，买4分钱一根的棒冰，有时一天吃两根；晚上和邻居小伙伴玩扑克到深夜……当九月到来时，这一切都结束了，学校要开学，生活又开始按部就班了——整理书包、削铅笔、换班主任、更多的回家作业、晚上九点半必须睡觉等等。

记忆中，有一年的秋天特别煎熬——我刚到美国伊利诺亚大学的厄巴纳—香佩恩校部念研究生，课程繁重，课余还要打工赚钱；和一位美国同学合租一屋，他晚上开喇叭箱听摇滚，我睡不着就给家人写信——当时航空信一个来回至少要三个星期的时间。不过，伊利诺亚的秋天特别美，树叶变红，再慢慢变黄，然后是满地落叶，一天一个样，天空像蓝宝石一般的蓝。在伊利诺亚度过的秋天是最艰难的，也是我经历过的最美最美的秋天。

古人曰："自古逢秋悲寂寥"，我想诗人一定是有亲人在秋天逝去，诗句充满着伤感。美国有一位诗人倒确实是写过一首《我不喜欢秋天》的诗，诗中数落了秋天的一切：土地变硬，山楂子在地里烂掉，砸南瓜饼，还有上午起床时冰凉的地板等等。这位诗人住在马萨诸塞州的西部，那个地方的秋天极为美丽，但是每逢秋天她马上想到的是冬天就要降临，她一不滑雪，二不溜冰，到了冬天只能蜗居室内。

今年夏天太长、太热，使人们向往秋天，人们不光是憧憬秋高气爽，更是喜欢伴随秋天而来的勤奋和精力旺盛，秋天是一个给人以机会，让人充满渴望的季节，秋天给我们带来了瓜果遍地、稻穗金黄和丰收的喜悦。

我们上了年纪的人每逢金秋会有一种情绪上的激动。1976年的金秋十月，党中央粉碎了"四人帮"，人们拍手称快，奔走相告——正义终究战胜了邪恶。人民胜利了！那个秋天，在十年浩劫中饱受磨难、备遭压抑的人们走菜场、买螃蟹，把盏言欢，持螯赏菊，其乐何及也。

爱，在武康路

　　那年，丁丁在大学念书。二年级时，她在离校不远的一个酒吧打工，每星期三个晚上。丁丁很喜欢这份工作，酒吧在武康路上，每天都会碰到许多年轻人，他们喝酒、聊天，与他们为伴不会觉得寂寞，而吧台对她这样的小女生也是一道防线，客人不会和她距离太近，和客人的接触也就是在递上饮品时说个俏皮话、开个玩笑什么的。唯一讨人厌的，就是店里自动点片机放出来的摇滚乐太吵闹了。

　　几个月后的一天，丁丁上班时看到一个陌生的男人，他身体靠在吧台上，和一帮子朋友有说有笑，吧台前的凳子上竖着一对拐杖，他是那群人中谈话的中心，每个人都跟他很熟，但是丁丁从来没有见过他。他的头是光秃的，和他晦暗的肤色倒是匹配。不一会，那个人一瘸一拐地去洗手间，丁丁注意到他的一条腿截肢过，膝盖以下那段是空的。

丁丁不习惯于打听别人的事，父母亲从小就这样教育过她。渐渐地，听这伙人的谈话，她知道这个人叫大伟，是这家店的常客。丁丁刚来这里时他没有来喝酒，他住院了，一个小腿截了肢，显然，大伟得了癌症。

每天到店里上班，她都要情不自禁地瞅一下大伟在还是不在。看到他向吧台走来，她会预先斟好他要的啤酒，轻轻地把酒杯移到大伟的面前，她期待着他满脸喜悦地一笑。大伟一定也在留意她，很快地，他就用"丁丁"称呼她了。当丁丁在侍应别人时，他常常会等她一会儿，每次拿到啤酒，他都会逗留一会儿，和丁丁闲聊几句，说句笑话什么的。

有一次，丁丁过去桌子那边收拾空的啤酒杯，大伟跟在她身后，瘸着腿，把下巴放在丁丁的肩上扮个鬼脸，就像是一个硕大的玩偶树袋熊。丁丁侧过脸，亲了一下大伟的脸颊。

大伟笑了，他眯着眼，摆动着拐杖回到朋友那边去了。丁丁脸红了，她后悔自己刚才的冲动，丁丁总认为自己还是个孩子，其实早就不是了。她感到一种从未有过的兴奋，瞧着大伟和朋友聊天，她幻想着自己捋着大伟蜷蜷的头发（尽管他并没有头发），而在她亲他时，大伟没有躲避，只是羞羞答答地启齿一笑……

大伟从不问丁丁的私事，他讲话时不咄咄逼人，丁丁喜欢这样，这种交往很愉快，很放松。有一次是例外，大伟坐在吧台前的高凳上，丁丁走过时他冷不防伸出手臂搂住她的腰，说："丁丁，你真讨人喜欢！"丁丁吃了一惊，不过她感到瞬间的、从未有过的甜蜜。

当大伟回医院去做另一个手术时，丁丁去医院看他，她蹑手蹑脚地走进病房，大伟说想抽烟，他们就去了楼道的防火门外，坐在躺椅上聊天。丁丁从来不问大伟得了癌症的事，也不问手术怎样了，或是预后好不好这类问题——这是大伟的事，如果他愿意告诉她那是他的决定。

一天晚上，酒吧的老板举行了一次义卖，当晚的营业收入全部捐献给上海的一个"癌症研究"项目，为了吸引更多的顾客，那晚还有抽奖游戏。一等奖是在"米其林"级的餐厅里享用一次两人晚餐，大伟抽到了这个奖，丁丁想一定是老板故意安排给大伟抽到的。

不管故意不故意，大伟很高兴他能抽到头奖，他拄着拐杖，几乎是连蹦带跳地到了丁丁跟前，一把搂住丁丁的腰，在丁丁耳边嗫嚅着："我们一块儿去，好吗？"

丁丁决定去。她攒了足够的小费可以用来叫出租车。吃晚饭需要穿正装，大伟找出来领带和一套紫绿相间的格子呢西装，一条裤管卷起，固定在腰带的位置，正好把残腿藏起来。餐厅在虹桥商务区，来的客人大都是上海商务界的高层人士，还有不少外国人，有的带客户来，也有太太陪伴着的，看上去风度翩翩，但是表情却很冷漠，使人感到不快。

大伟和丁丁成了众人瞩目的中心，丁丁苗条的身段，配上飘逸的米黄色罩衫倒也合适，就是她双层的耳环显得累赘了点，而大伟那套颜色出跳的西装和他的残缺的腿肯定更显得刺眼，很显然，丁丁和大伟很少去这种场合，他们在着装上有一点儿用力过猛的感觉。

服务生对他们也是特别的关照，他们反正也空着，不断地过来问他们有什么需要，他们也猜得出大伟和丁丁一生也就可能那么一次参加这样的晚宴。他们这么猜其实也是对的。晚餐有 7 道菜，有管弦乐队在舞池内侧助兴，但是跳舞的人一个也没有。

"会不会有人跳舞呢？"吃完甜品以后，大伟说。

"我想大概不会有。"丁丁看了看周围的客人，他们对管弦乐队、对服务生都是一种满不在乎的样子，似乎如果表现出兴趣的话，就显得自己缺少参加正规晚餐的历练了。

"你愿意跳舞吗？"大伟问，眼睛迸发出渴望。

"你行吗？"

"你可以撑我一把吗？"

丁丁随大伟走去舞池，服务生接过了他的拐杖，《月亮代表我的心》的音乐响起来了，大伟的手臂搁在丁丁的肩上，身体的重心斜倚给了舞伴，两个人，三条腿，在舞池缓缓地挪动，时不时要互相抱着才能保持平衡。

每一个人都在看他们，又假装不在看。丁丁咯咯地笑个不停，她觉得自己好像在一部电影里。大伟呢？他兴奋得就像是在进行一场探险，生活中从未有过这样的经验。丁丁觉得生活是这样的甜美，和男人跳舞从未有过这样的甜美。

大伟叫了出租车送丁丁回家，快到丁丁下车的时候，大伟吻了丁丁的嘴唇，他的嘴很柔软，但丁丁猛地退缩了回去，大伟看着她，有点不知所措。是遗憾？是敬畏？或许是遗憾和敬畏都有一点？

大伟第二次约丁丁出去是去参加他朋友家中的一个聚会，整个晚上，丁丁都感到不自在，觉得自己是一个"闯入者"，她把大伟从他的朋友那里抢走了，这帮子朋友和大伟都是束发之交，他们之间似乎有一种心照不宣的默契，就是要尽可能地多一点时间和大伟在一起。

那次聚会之后，"闯入者"的感觉丁丁挥之不去，"我和大伟是什么关系呢？"丁丁没有办法回答这个问题，有一点她可以肯定，那就是她觉得自己占据了大伟的关注对大伟的朋友是不公平的。想到这里，丁丁退缩了。

正巧，酒吧里来了一位新客人，他骑着摩托车，穿着有鳄鱼图案的皮茄克，粗看上去像个海盗。丁丁想学摩托车，这是一个好的借口！她可以顺势和这位"海盗"约会了。

丁丁没有向大伟解释这个新的关系，大伟什么也没有问。

那年稍晚些时候，丁丁过21岁生日，她请了一些朋友聚会，大伟也在其中。其间，趁"海盗"去吧台买啤酒的间歇，大伟瞅准机会和丁丁说话了。

"我买了这个送给你，"他说，把一个黑色的小首饰盒递给丁丁。里面是一个纯金的别针，形状是一只老虎，老虎的眼睛是两粒钻石。丁丁端详着这件做工精巧的礼物，一时竟说不出话来。

"我祝福你，"大伟说，"你永远有我在祝福你。"

几个月后，大伟死了。丁丁没有去参加葬礼，因为她不知道大伟的那帮"铁哥们"会怎么看待她。她只不过是一个酒吧的实习女生，从吧台里走出来，和大伟邂逅，闯入了他的生活，甚至不知道是以什么名分和他交往的，后来又不交往了。

她甚至连向大伟表达哀悼的权利都没有——他是她的什么呢？朋友？男朋友？她几乎没法给他个名分。丁丁感到羞愧和尴尬，但是她不知道为什么会羞愧，为什么会尴尬。

几年以后，丁丁大学毕业去了深圳工作。一次，她出差上海，专程去武康路找那个酒吧，她希望能找到大伟的墓地。她要对他说，她当年爱他，但是不知道怎么和他精神上相恋，她要向他道歉，在他生命的最后时刻，她闯进了他的生活，给了他混乱的信息。

她希望告诉大伟，她应该更勇敢一点地问他问题：问他对和她交往的感觉，问他的病，问他是怎么一路走过来的，问他她怎么才能成为他的朋友。她想说，她一定很深地伤害了他，希望他原谅，原谅她太年轻，太草率，太天真，太没有担当。

酒吧换了老板，没有人知道有一个叫大伟的男孩，一条腿，经常在这儿喝酒，他总是带着微笑，他的心充满着爱。他是一个丁丁想起他就会情不自禁流泪的男孩。

喝咖啡轶事

喝咖啡在极左路线盛行时被视为资产阶级的生活方式。1966年8月，红卫兵上街破四旧的第一天，就冲进上海当时最著名的咖啡室——美星牛奶房（在原中央商场内），把店堂内用以煮咖啡的两个玻璃球拿到南京路当众砸碎，牛奶房只能歇业，店主被赶到隔壁的东海饭店打杂。上海滩所有供应咖啡的店铺顿时销声匿迹，但尚有少数食品店供应一角钱一杯的咖啡——所谓咖啡，是在一个大保暖桶里像放自来水一样放出来的，看似咖啡色的糖茶，喝来味同嚼蜡。这一切以现在的眼光来看非常可笑，但是千真万确的事实。

比较走运的是我认识一位家住淮海中路襄阳路的金先生，在他家里总能喝到口味极佳的咖啡。金先生据说在解放前曾任福特汽车公司的中国销售总经理，属于"老克勒"中的"老克勒"。幸亏他的女婿当时属"革命样板戏"剧组，每天穿着军装进出，使金先生陡然增加了不少底气，文革中他屋内天天咖啡飘香，过着波澜不惊、兹油淡定的日子。

他告诉我一件轶事：在三年经济困难时期，白砂糖实行挨家挨户凭票供应，当时淮海中路陕西南路口的万兴食品商店（后改名上海第二食品商店，现已搬迁）出售12元一听的"象牌"咖啡，同时奉送两斤糖票。对于外地来沪买糖的人，这是当时在上海买到糖，回乡救助全身浮肿的乡亲的唯一途径。几位来自安徽的老乡，扶老携幼在"万兴"购得咖啡，拿到糖票，随即把听头咖啡称作"苦茶"向路人削价兜售，金先生购得多听。"象牌"咖啡产于云南，在当时是专供出口的。在金先生家，边品尝"象牌"咖啡，边为安徽老乡的苦命唏嘘不已。

金先生之嗜爱咖啡，可以说是到了如痴如狂的程度。1970年光景，"万兴"恢复供应现磨咖啡，不过数量十分有限，每个月只是在10日左右供应一次。消息不胫而走，上海滩的"咖啡瘾君子"蜂拥而至，往往是上柜当天就售罄。金先生家和"万兴"近在咫尺，有地理优势，每月从五日开始他天天上午必光顾"万兴"，守候咖啡豆上柜，确保万无一失。

进入1972年，政治气氛略见宽松，淮海中路附近先后冒出了"金咖"和"马咖"。"金咖"者，位于金陵中路、柳林路拐角，26路八仙桥掉头车必经之路；"马咖"位于马当路、淮海中路的南侧。这两家都属于卖早点、大众点心的简陋店铺，起始于1958年大跃进时代的居民食堂，服务人员是以家庭妇女为主。"金咖""马咖"供应1角7分一杯的小壶咖啡，在当时的上海是绝无仅有的，上海人把它们作为聚会的场所，交流信息诸如"插队落户如何搞'病退'""抄家财物发还是否有望""生产组工资 7 角一天还是 8 角一天"等等。拿 36 元钱一个月的"老三届"青工，在当时是天之骄子，他们带着身穿裁剪得体、做工雅致的藏青"的卡"的女朋友进入逼仄的店堂，其风光程度，绝不比当今在波特曼丽思卡尔顿泡吧的"80 后"情侣逊色。从"三反五反"到"十年文革"，一直在接受改造的上海和上海人，小心翼翼而又坚忍顽强地守护着喝咖啡的情趣。

香烟壳子糖纸头

　　若要回忆童年时的趣事，一定绕不过香烟壳子和糖纸头。在20世纪50年代，抽烟的人很多，当时最大路的香烟是飞马牌，经济条件稍好的人抽前门，而牡丹、双喜、中华等高档烟只是在逢年过节时偶尔露脸。

　　当时的香烟大多是软包装，记得我祖父每抽完一包，都会留下烟壳，把它放在厚厚的书中压平，权作草稿纸用，为了不撕破烟壳，他总是用一把尖头小刀小心翼翼地把两侧有胶水黏着的地方挑开。

　　祖父是用毛笔写东西的，这些烟壳的纸张大都相当好，他把它们放在书桌的一侧，上面用"镇纸"压着。后来知道我喜欢玩香烟壳子，更是留着给我。

　　我们小朋友之间又是如何玩香烟壳子的呢？首先是大家交换，互通有无——比如说，一张前门可以换两张飞马，牡丹、中华的身价就更高了。1959 年，上海卷烟厂推出了上海牌香烟，壳子设计得很精美——底色是绿的，外滩的天际线用白色勾出，壳子的宽度较窄，估计是烟的支头较细的缘故。上海牌甫一问世即备受追捧，记得我用了 8 张前门才换到一张上海牌的烟壳。

有一次，香烟壳子居然还成了"硬通货"。记得有一位小朋友把家里的一辆两轮小脚踏车带到学校来，这车的后轮旁边装有两个不着地的小轮，这样，学习骑车的人即使车子倾斜，人也不会摔倒。小朋友都很"眼热"，谁都想试一把，车主就宣布：谁给他一张前门，就可以在操场上骑车兜一圈!

还有一种玩法叫"刮香烟牌"。一个人把折叠成等腰梯形的香烟壳子放在地上，第二位小朋友拿自己的香烟壳子（也折成等腰梯形）猛击地上那只的边缘，如果力猛势沉，产生的冲击气流就把地上的那只翻转身，就算赢。如果没有翻转，就告负。这个游戏当年也叫"刮棺材板"，一段时间内很流行。

当年，许多小朋友都收集糖纸头。在物资匮乏的年代，吃糖是一大享受，收集包糖纸就成为成本低廉的嗜好了，且以女生为多。1961 年，我邻桌的一位女生跟随父母去了香港，20 世纪 90 年代回上海省亲，我们小学同学组织了聚会，饭局后，她悄悄地对我说："当年你寄信给我，夹了两张糖纸头送我，还记得吗？"

记得那时有一种糖叫"求是"糖，估计是外文 Joe's 演变过来的，是一种普通的拉丝软糖，但包装纸很有特点，用鲜艳的黄、绿两种颜色相拼而成，由于"求是"糖粒头大，包装有特色，在什锦糖中鹤立鸡群，成为收集糖纸者的追逐对象。

"米老鼠"是比较贵的糖，它的包糖纸质量很高，吃"米老鼠"的人大都会留下糖纸，就是自己不收集也会带回去给孩子。还有一只脍炙人口的"椰子"糖，是利口福的牌子，它的图案很经典——一只奶牛安详地站在一棵大椰树底下，象征此糖牛奶成分到位，另外，包糖纸的两端是用"注音符号"拼音成"利口福"。"注音符号"早在1958年文字改革时就被"汉语拼音"取代了，有趣的是糖纸头上的注音符号"利口福"持续了很长的时间。

　　有没有糖纸头的设计一直沿用到现在呢？有，但是不多。比如"大白兔""花生牛轧"就是！这些糖纸头的设计，和它们的口味一起向人们诉说着上海品牌的骄傲，我们应该给它们发个"元老杯"作为奖励！

收集上海交通图

　　我喜欢收集各类地图。收藏品中，有一类是各个时期出版的上海交通图。其中最老的一张，是先祖父（周由廑先生，著名学者、教授，20 世纪 30 年代任商务印书馆《英语周刊》编辑，于 1962 年谢世）留下的《新上海市街图》，该图由当时位于霞飞路 444 号的上海兴地学社出版，尺寸为标准的对开。从图中可以看到，上海浦西的街道结构，在 1930 年已大致形成。该图以不同的颜色标明法租界、公共租界、城内、南市、闸北、浦东等区。有轨电车、无轨电车、公共汽车线路分别以红色的直线、虚线和细虚线标明。右下角另有"上海商场中心图"，将市中心商业街予以局部放大，将各大公司、银行、商号一一注明。

　　不久前，一位写历史小说的朋友向我求证徐家汇附近天平路的旧名，我毫不犹豫地告诉他，天平路建国前叫"姚主教路"。根据图上有轨电车线路的图例，可以知道当时天平路铺设的是单轨，从淮海路开往徐家汇的有轨电车驶进天平路，如果看到前方红灯，就知道有车从徐家汇方向驶出，它就必须停留在专为避让相向行驶设计的新月形的叉道（在现南洋模范中学门口）上等待从徐家汇方向开出的车经过，前方信号灯转为绿灯时才能继续前进。可以说，这张图是求证 20 世纪 30 年代上海街道、商号、公共交通的经典工具。

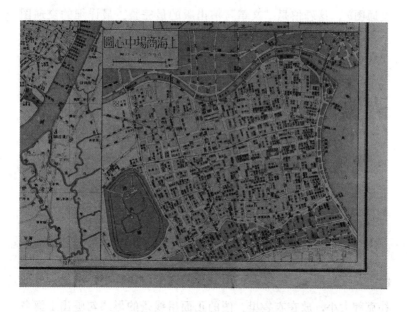

1956 年 11 月，地图出版社出版了一张《上海市市区图》。该图纸质上乘，印刷精美，是地图中的上品。图中可以看到，曹杨新村、甘泉新村、宜川新邨、鞍山新邨，控江新邨已成片崛起。不过，公共交通依然因袭了建国前的形态。比如说，公交 2 路，它既有公共汽车（民晏路至高昌庙，现 66 路的前身），又有有轨电车（十六铺至徐家汇，现 26 路无轨的前身）。公交 22 路，既有公共汽车（徐家汇至北京东路外滩，现 42 路公共汽车的前身），也有无轨电车（引翔港至广东路外滩）。这种重复路线的存在，对于不甚熟悉上海公交的人，很容易"吃药"。显然，当时上海的公共交通，还缺少统一的规划。

1961 年 9 月，上海市文化出版社出版了一张新版的《上海市交通图》，这恐怕是"文革"前出版的最完整、最详细的交通图了。其中，有几点特别值得注意：

1. 上海的公共交通线路经过重新组合。单位数是有轨电车，11—26 路是无轨电车，41—95 是公共汽车；
2. 南京路、淮海路已实现无轨化；
3. 大跃进时代建设起来的"闵行一条街""张庙一条街"等在背面的《上海市全图》中均有标明。

有趣的是，1963 年，该出版社又出版了一张 1/4 印张的《上海游览交通图》，售价人民币 6 分。这张图篇幅小，可以折叠成扑克牌大小，放在衣袋里。图的正面用线条的形式勾画出上海各公交路线。背面详细地罗列了上海市主要的公园、古迹、展览馆、饭店、影剧院、书场、工人俱乐部等，甚至介绍了照相馆、理发店、浴室、书店、食品店，非常实用，非常便民。要了解上海旅游服务业的演变，这张图还是十分有用的依据呢！

"文革"开始，交通图也"文革"化了。1969 年上海文化出版社将上述《上海游览交通图》改名为《上海交通简图》，予以再版。不过，图的背面，旅游景点、设施的介绍完全不见了，代之以"你们要关心国家大事……"的《毛主席语录》以及《东方红》《国际歌》等五首歌曲。君莫忘，当时的公交车上，有"红卫兵""红小兵"的"专席"，三四个学生手挥《毛主席语录》，带领乘客唱革命歌曲。在交通图背面印革命歌曲，对当时乘车还要唱歌的人来说，真是一个非常到位的"便民"措施！

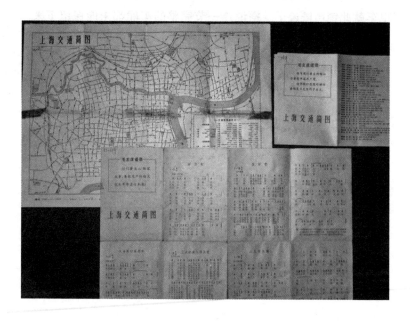

　　1970年，这张"简图"几乎是原封不动地再版，不过，出版机构已改名为"造反派"当权的"上海市出版革命组"了。1974年的《上海交通简图》是由上海人民出版社出版的。图背面的《毛主席语录》依旧，"革命歌曲"终于不见了，代之以"上海市郊区交通简图"和"长途汽车路线"的介绍，还有火警、医疗救护大队、报时等常用电话。这一切，都象征着"文革"后期，社会秩序在逐步恢复。

1978年，上海科学技术出版社出版了1/2印张的《上海市交通图》，这是文革后出版的第一张比较详尽的交通图。图的正面，是当时上海的标志性建筑：上海电视台发射塔，背景是上海展览中心（中苏友好大厦）的高塔。读者可以发现，上海的有轨电车就此销声匿迹了。据说连一节完整的车厢都未能保留下来，这是地方史专家、博物馆学家永远引以为憾的事。

改革开放以后，上海的城市交通日新月异。地铁、立交、环线、轨道交通……使各种类型的交通图、旅游图、自驾图应运而生。你可以在各大宾馆、浦东国际机场免费拿到最新出版的、印刷精美的交通图。当然，在城郊接合部的交通枢纽，也有各类不法之徒，向你兜售印刷拙劣、误导游客的所谓"交通图"。我们地图收藏者，在欢呼城市交通的春天到来之际，还得学会识别假冒伪劣交通图呢！

1961 年的聚会

记得小学老师在临近毕业时讲过："小学生活是最值得回忆的。"当时我有点不以为然，因为我向往着考取重点中学，然后读大学，世界似乎都是属于我的了。

55 年的风风雨雨——"文革"乱局、上山下乡、改革开放、出国留学、职业生涯，一切都是过眼烟云，唯独小学毕业时的聚会最难忘。

1961 年的夏天特别闷热，不过，同学们对聚会充满了期待，那一天的节目够丰富的：校长致辞祝贺，同学们交换礼品，在学校聚餐（同学们自备糕点），晚上去人民公园，还有划船，以及分成两个小组的"好人""坏人"游戏。

班长姓高，首先是因为他个子高，能投一手好篮球，再则，他搞宣传、搞演出活报剧都有一手，在同学当中很有威信。那天他到学校最早，身穿一件簇新的白衬衫，红领巾是妈妈烫好的。

下午四点半，同学们都蹦蹦跳跳地来到学校，每个人都背着小书包，不过那天书包里装的不是书，是权当晚饭的点心。有位女同学带了面包，在当时算是奢侈品了。那年头，买一个面包要用一张糕点券，上海每个人每月有四张糕点券，那位同学的爷爷生病卧床，全家的糕点券都省给爷爷吃，爷爷特别疼爱她，知道孙女的聚会，一定要给她糕点券买八分钱一只的豆沙面包。

　　一些家境比较贫寒的同学就没有带面包的份了，他们把冷饭团装在铝制的小饭盒里，细心的妈妈没忘了在饭盒里放上几块榨菜、酱瓜，就是当天的晚饭了。

　　我的邻座是一位家庭经济非常困难的同学，他手捧一只纸袋，里面是用粗黑面粉做成的饼干，他的爸爸是上钢十厂的炉前工，工厂食堂特地焙制饼干供应给一线岗位的工人，不收糕点券。那位同学非常慷慨大方，他把来之不易的饼干分给大家吃。

　　班长不但有号召力，他带的点心也与众不同。那是一种叫冰雪酥的点心，白纸包着的，上面有蓝色的图案，一角二分，一张糕点券，他说是妈妈上午特地去常熟路、淮海路的"永隆"给他买的。同学们都羡慕着，光是冰雪酥的点心名称就使人垂涎欲滴了。

　　校长六十多岁了，他告诉同学们："今天，老师和厨房的工友叔叔还特地为同学们准备了大家喜欢喝的罗宋汤……"这一下，同学们都乐了，许多同学是第一次听说罗宋汤这个名称。一位矮个子同学一定要说罗宋汤是来自罗马尼亚的汤，矮个子同学喜欢打乒乓球，1961年4月，北京举行了第26届世界乒乓球锦标赛，罗马尼亚运动员打得不错，矮个子把罗宋汤想象成罗马尼亚的汤，也不是没有他的道理。

班长说他爸爸在英国留学时吃西菜，他妈妈在家也经常做西菜，罗宋汤是俄国菜，里面有牛肉、番茄、土豆，还有卷心菜和胡萝卜。高班长到底是"棋高一着"，矮个子辩不过他，但他不服气的是俄国是哪个国家呢？为什么不叫"俄宋汤"呢？

同学们有说有笑地走进厨房。学校的结构很特别，平时从校区到大礼堂开会一定要走过厨房，或叫食堂。有一位工友，同学管他叫"大胡子"，总是瞪着双眼看同学们一个一个地走过，同学们都怕他。其实，"大胡子"是学校的厨师，他工作负责，不让同学们在走去礼堂时碰到灶具、热水等容易发生危险的东西。那天，"大胡子"忙坏了，他起了个大早，排队买卷心菜，买番茄，把学校里所有的搪瓷碗都拿了出来，还问隔壁机关借了不少。

几位教体育的男老师拿着勺子，为同学们盛上罗宋汤，汤里主要是卷心菜和番茄，没有肉，只有少量的洋山芋（即土豆，当时是严格配给的紧俏品），汤里还放了少量的油，没有加番茄酱，番茄的量也不够，所以颜色不是红的而是深黄色的。不过，这些并没有减少同学们喝汤的乐趣。

班长没有喝汤，他说胃不舒服，不想喝，不过这一次他的话没有了号召力。同学们边吃边谈，有一位同学因为调皮，以前被"大胡子"骂过，可是，那天"大胡子"给他喝了三碗。

晚上，人民公园树影婆娑，凉风习习，同学们欢笑声不断。人民公园的水面积不大，但是有不少弯道、桥孔，同学们四个人一条船，老师指挥大家唱歌。同学们最爱唱的就是《荡起双桨》：

　　"小船儿轻轻地飘荡在水中，

　　　迎面吹来了凉爽的风……"

　　在回家的车上，许多同学都在哼着《荡起双桨》。那是个物资贫乏的年代，学校的领导、老师千方百计地让同学们的毕业聚会增添色彩。世事变迁，岁月蹉跎，当年的聚会、罗宋汤给同学们留下了珍贵的记忆，如今，他们没有"晓镜但愁云鬓改"，而是无比珍惜自己的晚景生活，同时，把最好的祝愿送给母校。

传统菜好吃

　　我不是美食家，不过喜欢去"老字号"的饭店、餐厅，点一些价格不贵但颇具特色的传统菜，还不乏有趣的故事。

　　几年前，我接待瑞士公司的董事长瑞勃先生。瑞勃原先曾做过瑞士雀巢公司德国分公司的首席执行官，那次他说是要体验一下传统的中国菜，还和我约法三章：第一，不能去宾馆的餐厅；第二，平均每人消费不超过 10 个瑞士法郎（当时 1 瑞士法郎约合人民币 6 元）；第三，一定要是他没有吃过的菜。

　　第三点可能是最难做到的。雀巢是一个经营食品的集团，这位瑞勃先生是一位见多识广的吃客，谁知道他什么菜没有吃过呢？我想起了扬州饭店在南京西路 88 号营业时有一道叫"三套鸭"的菜，或许能满足瑞勃的条件。所谓"三套鸭"实际上就是用家鸭、野鸭和鸽子各一只，活杀，内脏处理干净后用文火炖汤吃。

我给当时已搬到南昌路、思南路的扬州饭店打电话，点名要"三套鸭"。饭店的周经理是我的朋友，电话里传来他的笑声，说："周先生，这种菜现在没人吃，我们早就不上菜单了。"听到我表示失望，他又说："你一定要的话，我可以帮你定做的。"

就这样，我带瑞勃先生去了扬州饭店。服务员小姐端上桌的"三套鸭"热气腾腾、香味扑鼻，原来，野鸭和鸽子在煲汤前已被塞进家鸭的肚内，厨师像外科医生动完手术似的，再把家鸭的肚皮缝好炖汤。鸭汤香味浓郁，鸭肉酥而不腻。瑞勃先生连连称赞，他说，只知道中国的烤鸭出名，想不到鸭子烧汤居然也如此可口。回瑞士后，他特地发来邮件，对在扬州饭店的大快朵颐表示感谢。

国际饭店三楼的"丰泽园"是遐迩闻名的"京菜"老字号。20 世纪 70 年代初，"丰泽园"经历了红卫兵"破四旧"的洗礼，放下身段，供应面向大众的菜肴，点一份"木须肉"（猪肉片、鸡蛋、黑木耳的京帮名菜）再加碗酸辣汤，不到一元钱就可以体验一下经典话剧《霓虹灯下的哨兵》中童阿男的那句著名的台词——"不过是吃吃国际饭店而已"。去年，我和内人去"丰泽园"，想点"木须肉"，找遍菜单也不见这菜，服务员小姐说早就不卖了。我找来餐厅经理，他说这个菜厨师还在做的，不过只供应"丰泽园"员工的工作餐。见我喜欢，他一口答应特别为我做一个。

我悟出了一个道理：要吃到传统菜，有时候不单要看菜单，还要找经理。杭州有一家号称"江南面王"的奎元馆，我每去必点它的"霉千张",这道菜是把"千张百页"浸渍于霉卤,经过发酵加工而成,口味极佳。上个月我去奎元馆,"霉千张"竟也从菜单上消失了。服务员说现在不是季节,我真是一头雾水,"千张"是豆制品,又不是菠菜、冬笋,有什么季节不季节呢?不过那天我没有找奎元馆的经理,而是请我在杭州的朋友跟踪奎元馆的菜单,一旦"霉千张"再上菜单,我一定坐高铁去吃。

男人的手表

有人说，一块好的手表，对于成功男士来说十分重要。当今，手机屏幕、自驾车的面板、笔记本电脑，以及一些公共场所的广告牌等都有计时器，手表的计时器功能已不再重要，那么，在职场上拼打的人是不是就不再佩戴，或者是不那么重视显示身份的手表了呢？

事实并非如此。戴什么手表往往反映了人的个性的一个方面，而对于男人尤其重要，因为它是男人佩戴的唯一的首饰。

我拥有第一块真正意义的手表是在 1972 年，那时，我在上海一家工厂工作了 4 年多，从学徒成为师傅，还被任命为生产小组的组长。当时月收入仅 30—40 元，我花了 385 元人民币的巨资在南京东路的长城钟表店买了一块"浪琴"日历表，戴回家的当天母亲就对我说："你的手现在比你爸爸的手还重呢……"（意谓：我父亲的表还比不上这块"浪琴"。）

当时车间里有几位工人也戴着高级进口手表，我和他们并不熟识，奇怪的是，当我有了这块"浪琴"之后，凡和他们邂逅，大家都会点点头，会心地一笑——对于酷爱手表的人来说，这是一个无形的俱乐部，手表就是神秘的握手。

在很多情况下，男人买手表往往和职业生涯中的某一特定的时刻有关。20 世纪 90 年代，我担任了某外国公司驻上海的CEO，经常要和政府主管部门、外企高级管理人员开会。这时我觉得需要配备一块更合适的手表，于是购买了"浪琴"康卡斯全自动 K 金日历表，并不是说"浪琴"有多大的威力，这里更多的是一些情感上的因素，以及对品牌的忠诚。

对于那些有经济实力，又有收藏钟表嗜好的人来说，手表已经远不止是手腕上匹配西装的饰品，而成为他们生活的一部分了。去年我在纽约曼哈顿参观现代艺术博物馆（MOMA）时听到一个故事，说是博物馆隔壁住着一位 40 多岁的人，他收藏了 30 多块名贵的手表，其中有瑞士著名的"百达翡丽（Patek Philippe）3 974"，1992 年问世的，限量生产 50 块，每块价值约一百万美元。他曾经戴着这块"百达翡丽"在现代艺术博物馆（MOMA）对人说："这块'百达翡丽'，对于下一代人来说，就是毕加索的画！"

有些专业人士喜欢结伙佩戴某一品牌的表，比如说运动员、说唱艺人和摇滚歌星喜欢"爱彼"（Audemars Piguet），商人们常戴昂贵的"帕马强尼"（Parmigianis），律师和银行高管则钟爱"劳力士"（Rolex）。

当然，也有不少人认为把表和身份联系起来是非常俗气的。报端早有报道，有些名列"福布斯"榜首的富豪佩戴的是再普通不过的"卡西欧"石英表。一位朋友现在是一家著名的广告公司的经理，他戴着"精工"潜水表已经几十年了，这块表是念高中时一位至交送的，这位至交不幸因癌症英年早逝，这块"精工"表对于我的朋友就有了特殊的纪念意义。

　　至于我的第一块"浪琴"，有人愿出价3 000多元收购，我不愿意割爱，决定把它留给后代，因为它是我用微薄的工资积攒起来购买的，它代表了我职业生涯的一个特殊的时刻。

珍藏的银行存折

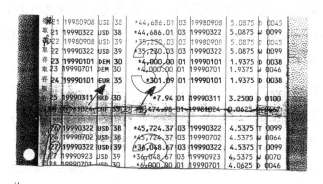

存 21	19980908	USD	38	*44,686.01	03	19980908	5.0875	D	0045
取 21	19990322	USD	38	*44,686.01	03	19990322	5.0875	W	0099
存 22	19980908	USD	39	*35,230.03	03	19980908	5.0875	D	0045
取 22	19990322	USD	39	*35,230.03	03	19990322	5.0875	W	0099
存 23	19990101	DEM	30	*4,000.00	01	19990101	1.9375	D	0038
取 23	19990701	DEM	30	*4,000.00	01	19990701	1.9375	W	0046
存 24	19990101	EUR	35	*301.09	01	19990101	1.9375	D	0038
取									
25	19990311	HKD	30	*7.94	01	19990311	3.2500	D	0100
	19981024	CHF		*474.98	31	19981024	0.0625		
26	19990322	USD	38	*45,724.37	03	19990322	4.5375	T	0099
26	19990702	USD	38	*45,724.37	03	19990702	4.5375	T	0064
27	19990322	USD	39	*36,048.67	03	19990322	4.5375	T	0099
27	19990923	USD	39	*36,048.67	03	19990923	4.5375	W	0070
28	19990701	USD	30	*6,000.00	01	19990701	4.0625	D	0046

中国银行上海市分行欧元兑换证明
BANK OF CHINA SHANGHAI BRANCH EUROMONEY CONVERSION CERTIFICATE
1.955830

日期 DATE			柜员 TELLER NO.	
CURRENCY & AMOUNT CONVERTED 被兑换货币与金额	9990	DEM 588.89	TARGET CURRENCY & AMOUNT 目标货币与金额	
FIXED CONVERSION RATE 1 固定兑率 1	9163	DEM 588.89	FIXED CONVERSION RATE 2 固定兑率 2	
INTERMEDIATE CURRENCY 中间货币	38 9163	EUR 301.09		

银行填写 FOR BANK USE

兑换证 SION CERTIFICATE

55

我保存着一本中国银行的旧存折，里面有一笔 301.09 欧元的丙种现汇存款具有特殊的意义。事情还得从 14 年前的一个电话说起。

20 世纪 90 年代后半期，我在一家瑞士投资企业任职，由于经常要去欧洲出差，我有数种欧洲货币存入中国银行备用，我的办公室曾经在南京西路的上海商城，和对面中国银行市中支行有业务往来，和其负责人金先生也很熟悉。

1998 年 12 月 31 日，金先生打电话给我，说明天是元旦，是欧元的启动日，中国银行照常营业，可以接受个人开欧元的丙种存款账户了，为了纪念这一历史时刻，各新闻媒体也将到现场作跟踪报道。金先生问我能否在次日，也就是 1999 年元旦上午 9 时前径去中国银行淮海中路支行的柜台，用外币购买欧元，设立欧元的银行账户。

朋友之命，不得不从。翌日早晨 8 点 45 分，我赶到淮海中路新康花园隔壁的中国银行。为了迎接新的国际货币的诞生，中国银行早早开了门，安排了精兵强将"严阵以待"。我是第一个客户，用 588.89 德国马克，按照当天 1.955 83 马克兑 1 欧元的汇率兑换成 301.09 欧元，开立了现汇存款账户。根据当时欧元启动的路程图，1999 年至 2001 年，欧元只用于银行之间的结算，至于欧元纸币的正式流通，那是 2002 年的事了。

现场，《新民晚报》的记者对我进行了采访，当天下午，一篇题为《欧元呱呱才坠地，本市已有两买家》的报导见诸晚报的头版。14 年过去了，我从未动用这笔欧元，有一次，中国银行要更换存折本，我把旧的存折本连同《中国银行上海市分行欧元兑换证明》，以及媒体对我采访的剪报小心翼翼地收藏起来。两年前，我把这些藏品的复印件送一套给在中国银行上海市分行任营业部经理的金先生作纪念。毫不夸张地说，这个账户是欧元在中国大陆的第一个个人账户，它有着特殊的意义，也见证了一种重要的国际货币在上海的诞生。

人民照相馆拍"满师"照

我家几代人都在原淮海中路的人民照相馆拍过照。这张照片就是我的第一张"人民之照"。说起这张照片，倒还有一番故事的。

中学毕业后，我被分配到大中华橡胶厂当工人，1971年9月，我三年学徒见习期满，称为"满师"，转正为一级工。"满师"实为人生一大事，但在当年极左思潮支配一切的社会环境下，没有仪

摄于1971年9月，时作者在大中华橡胶厂当工人（殷孟珍摄）

式、没有证书，也没有满师宴，有的就是我每月的工资从原来拿21元的学徒服装津贴升格为拿36元的月工资。

现在的年轻人一定大感惊讶："哇！36 元一个月的工资，这不是一个大杯星巴克咖啡的价钱吗？"说得对！但是，我要争辩的是，当年每逢 5 月鲥鱼上市，工厂食堂供应的"清蒸鲥鱼"中心段，仅售 0.40 元一客，接下来的问题，就让经济学家去解释吧！

妈妈没有忘记祝贺我的"满师"，当时，家里经济拮据，父亲只拿生活费，要动用银行存款一定要父亲单位的"革委会"出具证明。只见妈妈那天买了不少菜回家，高兴地说："今天试试看去银行拿钱，倒没有要看证明。"

吃过丰盛的午饭，妈妈说："你应该拍张照留作纪念，去'人民'吧，找顾师傅，人矮矮的，胖胖的……"那天是 10 月 1 日国庆节，却是共和国成立以来第一个没有游行、没有群众集会的国庆节。原来，就在那年的 9 月，共和国发生了惊天的事件。

人民照相馆安安静静的，我环顾四周，没有看到矮矮的、胖胖的顾师傅，一位二十多岁的女士接待了我，她穿白衬衫，梳着辫子，眉宇清秀，就像是一位邻家大姐。她要我把头发梳理得服帖一点，说是"太蓬松了"，随后，她开始聊一些轻松的话题，诸如"你的家离淮海路远不远？""有没有去插队落户？"，等等，在调试灯光时，她问我要不要拍背景黑底的低调照片。

我也算弄过一些摄影，但是对什么是低调、高调实在是搞不清楚。拿到照片一看，真的是特别欢喜——这位摄影师不简单，她善于从简单的会话，抓捕到拍摄对象的性格、喜好，调动他的情绪，以及如何用最佳的用光、神态来表现被摄者。她，就是后来成为人民照相馆特级摄影师的殷孟珍。

从"满师"照开始，殷老师为我们家拍了许多照片，有不少都是带有"里程碑"性质的，比如说结婚、父母寿辰、孩子周岁、出国留学等等。殷老师的技术积累、生活沉淀、情感交流技巧使她在数码照盛行、摄影日益"快餐"化的年代依然举棋若定。2012年我儿子回上海拍结婚照，殷老师退休多年了，身体也不怎么好，但她还是亲临当时"人民"在巨鹿路一条弄堂里的摄影棚。正像她在一次采访中说的"用光要像诗人一样"，她把最真实的神态、最值得保存的瞬间、最美好的回忆留给了我们。

书房忆故人

　　我的书房位于整套居室的东侧，毗邻浴室。当初重新装修居室时，有人建议应当把它用作卧室。我没有采纳，因为这间房留下了许多永远不会磨灭的回忆。五十几年前，它曾经是我祖父的书房兼卧室。记得当时房内有西式的书架、书柜，也有专放线装书的中式樟木书橱。我童年时和祖父相处的时间很多，他给予我许多的关爱都和这间书房有关。

　　祖父周由廑是清末秀才、民国初年的著名学者，他学贯中西，20世纪二三十年代在商务印书馆主编《英语周刊》，兼英语函授学校总干事，后经陈望道先生介绍，任上海大学英文系教授代系主任，抗日战争期间他在重庆任中央政治学院的英语教授。早在1918年，商务印书馆就出版了他的著作《英语语音学纲要》，这是中国学界最早的研究、介绍英语语音的著作。此外，他还写了《故事读本》系列，如《莎士比亚乐曲故事》《故事读本：六钜著故事》《英语论说文范》（初集、贰集、叁集）、《大学英诗研读》等大量著作，都是当年学习英语的人必读之书。

共和国成立后，祖父年事已高，却依然笔耕不辍，我保留有他于1955年亲笔书写的《七四老人周由廑自述》原稿。在这篇文章中，他回顾了自己的经历，文章的最后，他对新中国满怀着希望地写道："国势日见隆盛，民生日见好转，教育普及，物价稳定，水利农业铁路矿产无不月异。"祖父的书法十分出色，上海著名布店"老介福"的店名，就是他的亲笔。"老介福"三个扁平、遒劲的字，多年来矗立在南京东路、江西路的转角处，直至20世纪90年代中期方被更换。

在我很小很小的时候，祖父就教会我用英语从一数到十，如今我有比较扎实的英语基础，就是跟着祖父"一块砖、一块砖"地堆砌起来的。祖父和我讲《三国演义》的故事，边讲边用毛笔写下一些精彩的词语，当年，淮海路和天平路交界处有一个书亭，祖父经常带我去买《三国演义》的连环画，年复一年，终于买齐了全套60册。

进入60年代后，祖父身体日见衰弱，家中每星期都有医生到访。记得那是一个寒冷的冬天，祖父弥留之际把我叫到床边，说："爹爹值钿（湖州话"喜欢"的意思）你的……"他嘴唇微微颤抖，声音很轻，但是我听得很清楚他说的是什么，我知道有什么事情要发生了——我再也没有机会听祖父讲《三国演义》了。

祖父是幸运的，他去另外一个世界以后不久，"文革"爆发了，如果他还活着，他怎么忍心看着自己读了一辈子的书被当作

"四旧"化为一炬，又怎么经受得了红卫兵把书房里的东西一点一点地搬空呢？

12年前，我准备重新构筑自己的书房，为了纪念祖父，特意请家具公司定制了一台红木书桌，式样和祖父当年的相似，摆放的位置也和当年一模一样，在两排抽屉中间还专门定制了一块红木雕花的垫脚板。当年，祖父在垫脚板上放一个红色的沙利文饼干箱，每逢放学回家，他都会拿出几块饼干给我吃。当时正值三年经济困难时期，那只沙利文饼干箱对于一个饥饿的胃具有极大的吸引力，吃完了祖父给的，趁祖父伏案读书之际，我又偷偷地钻到书桌下拿饼干吃，还暗自庆幸祖父老了，迟钝了，没有发现我的这个鬼把戏。

现在，我自己也当了祖父。小孙女生活在一个物质富裕的年代，我们总是笑她要吃东西时的那种迫不及待的神态，也笑她吃饱肚皮时的笑容可掬。我忽然感悟到：当年祖父其实是完全知道我的把戏的，他是佯作不知，让我多吃一块饼干——有时候，什么也不说，什么也不做，也是一种爱。

她在第一线

那年"七一",《新民晚报》头版有一位女同志的照片,她美丽、时尚、充满活力,照片的标题是"她在第一线",主人公是武康里委党支部书记柏祖芳。

武康里委所辖地带历史建筑林立,游客络绎不绝,可以想象在这里担任党的基层干部是多么荣光,但是这话只讲对了一半——人们今天看到的优雅的社区,浸透着柏书记和她同事们多少辛苦的工作啊。

社区内有一幢知名的建筑叫武康大楼,有着九十多年的历史,但是长时间疏于管理,原先很气派的门厅里停满了自行车、助动车,甚至附近的商贩也把单车停在大厅里,居民们叫苦不迭。2010 年世博会之前,柏书记组建了一个居民自治管理小组,在大厅里贴出告示,向大楼里的每家每户发一张意见征询表,要还武康大楼一个门厅,居民们很配合,都把单车移到后院里去了，这才有了今天宽敞明亮的大厅。

"居民自治，意味着居民自身来参与，事情如果是自己做的，就可坚持很长一段时间。"这是柏书记得出的经验。辖区历史建筑众多，柏书记创办成立了"老洋房新生活议事会"，由居委会牵头，老年人看病、垃圾分类、遛狗遛猫等，事无巨细，只要关乎民生，居民们都可以在这个平台上寻求帮助，有建议、有不同的意见也可以参与讨论。

柏书记和我有较多的接触始于几年前武康大楼的"口述历史"（作家陈保平、陈丹燕主持的）项目，这个项目持续了好几年，最近，上海电视台的纪实频道还播送了短片。记得是在 2015 年 11 月，柏书记邀请我参加"口述历史"项目组织的座谈会。她说："我有事不能参加了，你去座谈会讲讲话吧。"那天，我在会上谈到：回忆历史，不光光是重温童年的趣事，回顾邻里的变迁，作为一幢见证了中国历史上许多重要时刻的建筑，它也有着许多伤疤、创痛，揭示这些需要勇气，我们居民的内心也会纠结，也会有挣扎。

会议刚结束，许多媒体记者找我，要上门采访。我把我的信任交还给了柏书记，说："我不随便接受记者的采访，请你们先和里委柏书记沟通吧。"

我们居民为什么信任柏书记呢？因为柏书记是一个普通的人，她待人和蔼亲切，她喜爱美，总是化着淡妆，她有着普通人有的喜怒哀乐，她和我们拉家常，谈起她的家庭，她孩子的就业、婚姻等等。

平易近人、人性化是多么重要，我们希望有更多人性化的干部，他们像柏书记一样，急居民所急，而居民也会以急社区所急，备加珍惜美好家园作为回报。记得当年我读中学时，语文课本有一篇散文，是一位当时很红火的作家歌颂"七一"的文章，其中有一句："……我们的党，有多多少少眼睛里终年布满血丝的支部书记……"时代在前进，生活在更新，我们乐于见到更多更多像柏祖芳一样的支部书记——她（他）们健康、美丽、时尚，她（他）们待人亲切而又善解人意。

回忆和王人艺教授的交往

　　那天，邻居王勇博士来舍间小坐，送我一本他主编的纪念他祖父，我国著名的小提琴教育家、演奏家王人艺教授辞世20周年的专著——《人琴合一：艺海天涯》。王勇曾任上海电视台主持人，现在主要从事中国近现代音乐史的研究。我一口气把书读完，该书语言朴素、真挚，汇集了大量的历史材料，还附有很多珍贵的照片、王人艺学生写的回忆文章等等，对于喜爱音乐，尤其是想了解中国近代现代音乐历史的人来说，一定会爱不释手。

　　我和王人艺、邓宗珩夫妇是多年的邻居。有趣的是，我和王先生的交往，和他的小提琴专业毫无关系。王先生喜欢围棋，他曾获上海高校教工围棋赛亚军。我曾经有一位同事，是一位围棋高手，"文革"前的上海棋院给予他一个"业余五段"的称号。大约是1970年的三四月间，我和同事去王家拜访，把他作为棋友介绍给王先生。他家的起居室算是宽敞，和当时的家家户户一样，墙上挂着领袖像，钢琴上方的墙面有一幅《沁园春·雪》的手迹，倒是给房间增添了一分生气。邓师母招待我们喝茶。她把桌子整理干净，给每个人送上茶碗，每一个茶碗下还放了一个瓷的托盘，师母给每一位斟上茶水，少许茶水溅在桌上，她拿出白手绢，小心翼翼地擦拭干净——上海人家真是了不起，经过各种政治运动、"文革"劫难以及红卫兵抄家，他们仍坚忍顽强地守护着生活中的雅致、情趣。

户外是阳春三月，王先生依然穿着中式夹袄，就是在家中，脖子上也围着一条紫酱红和米色双拼的开司米围巾，看得出来，他的身体并不十分好。王先生头发有些花白，他的外表十分整洁，衬衫洗得特别干净，谈话风格温和、儒雅。那天的话题无非是"围棋""下围棋的朋友""朋友们在文革中的遭遇""（淮海路）襄阳公园的围棋角"等等。很凑巧，王先生的一位棋友李莲宝先生是我原来就读的五十一中学（现名位育中学）的物理老师，是上海教育界资深的力学权威。我告诉王先生，"文革"期间红卫兵挞伐李老师的"罪名"有两条：一是上课对学生严厉；二是每星期日必去襄阳公园下围棋。听到这里，王先生莞尔一笑："下棋也是罪……"我同事接过话头，谈及襄阳公园的茶室已被取缔，说是"牛鬼蛇神的联络点"，棋友们只能栖身于公园的亭子，在长凳上侧身而坐下围棋，上周日还看到李莲宝老师拄着拐杖（李老师一条腿遭红卫兵殴打致残），带着一搪瓷杯茶水在公园亭子里下棋……

在我的印象中,王先生说话永远是细声细语,但有一次例外。那是在周恩来总理逝世的次日,街坊间阵阵哀乐,那天天气特别寒冷,冬天似乎要永远停留在人间似的。我下班回家,看到王勇(当时约五六岁光景)和小朋友在楼底下玩捉迷藏,身后传来声色俱厉的呵责:"王勇,这两天你可别到处乱跑,听见没有!"转身一看,是王人艺先生,他眉宇紧锁,神态凝重,眼眶哭得又红又肿,他搂住快步跑回他身边的孙儿。一位饱经磨难的中国知识分子,倾注着他对伟人逝去的悲伤,他对时局的担忧,他对后辈的关爱……

《人琴合一:艺海天涯》书中有一张节目单引起了我的注意。这是兰心大戏院 1935 年 10 月的一场音乐会,王人艺和上海工部局交响乐团合作演出维尼亚夫斯基的《d 小调第二小提琴协奏曲》。上月,我在香港铜锣湾的 HMV 购到一张 DG 正版的"维一、维二" CD,由当今走红的美国小提琴家吉尔·沙汉姆(Gil Shaham)独奏,伦敦交响乐团协奏,劳伦斯·福斯特指挥。维尼亚夫斯基本人就是一代小提琴宗师,他的《第二小提琴协奏曲》(首演于 1862 年,在圣彼得堡),是献给他的好友——西班牙小提琴大师萨拉萨蒂的。第一乐章有两个并存的主题,第一主题忧郁、焦虑不安,第二主题由小号奏出抒情节奏。小提琴独奏炫技般地反复地重现两个主题,不间断地进入第二乐章——浪漫曲,传统的慢板给人以慢慢品尝的感觉。末乐章是快速的回旋曲,具有匈牙利吉卜赛舞曲的风格,并重复第一乐章出现的主题。"维二"结构并不复杂,但要求演奏家具备很高的技巧,翻

69

来覆去地讨论、演绎 "忧郁" "抒情" 这两个并存的主题。我没有机会聆听王人艺教授的演奏，不过可以想象王先生1935年成功演出这样一部炫技派的浪漫主义作品，需要何等的智慧和精湛的技巧。

吴茵与孟君谋

20世纪五六十年代，孟君谋、吴茵夫妇住武康大楼707室，是我的邻居。我和他们的小女儿孟树英（蓓蓓）是同学，放学后经常去孟家玩。他们家有一张长长的餐桌，我们用几本书架起一根晾衣服的毛竹竿，就在桌上打起了乒乓球。孟、吴两位长辈平易近人，没有艺术家的架子，对我们邻居小朋友非常和蔼可亲，总是笑呵呵地说："来别相（来玩），来别相（来玩）。"

我和孟君谋、吴茵的交往并不太多，有趣的是都和"借书"有关。1965年，孟树英响应政府号召，中断了在艺术学校的学习，去新疆生产建设兵团工作。送别孟树英的那天，我在楼下邂逅吴茵，她说："你看蓓蓓这个小囡，穿着军装，就这样跳跳蹦蹦地走了。"吴茵生性乐观，就是送别心爱的女儿，说话还是那么爽朗、快言快语。不过，她脸色显得憔悴，眼眶红红的，不正是传递着母亲的爱、母亲对女儿的眷恋？"听说你蛮喜欢写作，"吴茵转变了话题，"那很好，写东西嘛，胆子要大一点，我借些书给你看看。"当时，关于文艺问题的"两个批示"已经下达，许多作家和作品已遭到批判，文艺界已处在"山雨欲来风满楼"的境地，吴茵的话是一位有良心的艺术家的真知灼见，是长辈对晚辈的鼓励。她借了几本书给我，其中有一本艾明之写的中篇小说《浮沉》，我十分喜欢，一个下午就把它读完，故事讲的是年轻人离开大城市，参加边远地区建设，他们思想的变化、爱情纠葛等，全书文笔流畅，叙事深入浅出，作者把这个政治色彩很浓的故事写得引人入胜。上海电影制品厂的《护士日记》就是根据《浮沉》改编的，不过，原作比电影精彩得多。

吴茵说话直言不讳，她的性格是导致其在 1957 年被划为右派的原因之一。据称，她说过："什么是（电影）传统，我的丈夫就是传统。"原来，孟君谋早在 20 世纪 30 年代，就参与了几乎所有进步电影的制作，是中国电影的活字典。解放以后直至 60 年代初，海燕、天马、江南电影制品厂制作的影片，大都由孟君谋任制片主任。制片主任者，拿当今流行的术语来说，就是项目经理，掌握整部电影制片的财务预算、摄制进度等。可见孟君谋在电影制片中扮演何等重要的角色。"文革"开始，孟君谋、吴茵受到冲击，住房被迫紧缩，从 707 室搬到 702 室，与别人合住一套公寓。1967 年初，是所谓批判资产阶级反动路线的时段，对知识分子的压力相对较小。一天，我和孟先生在电梯里相遇，他笑嘻嘻地轻声说："到我家来，我给你看书。"我高兴极了，显然，两位长辈依然记得我的嗜书如命。那天很冷，孟先生穿着厚厚的棉衣，脖子上围着羊毛围巾，坐在小矮凳上，开始翻理书籍。他不无悲哀地告诉我，陈白尘（著名剧作家）已经不在人世了。又说，经过红卫兵多次抄家，像他这样能保留这么多的书的几乎没有了。确实如此，我惊讶地发现，历经劫难、搬家，他的书柜中居然还有全套的《人民文学》期刊，他借给我一本1957年第3期，蓝色封面，是一期增加内容的"鸣放"特刊，里面有"本报内部消息"等，凡在该期发表作品的作家，几个月后大都被打成右派。该期最出彩的作品，当属宗璞女士的中篇小说《红豆》，作者以隽永的文笔、缠绵的情调刻画了女大学生、地下共产党员江玫和同学齐虹的爱情故事。如果要评选当代中国最佳中篇小说的话，我一定投《红豆》一票。

一位德高望重的电影人，一位宽厚、仁慈的长者，又有严重的哮喘病，嗣后孟君谋竟然被非法隔离，逝世时竟没有一位亲人在场。1957年"反右"，十年"文革"，毁灭了多少善良的生命，夺取了多少艺术家展现才华的机会。有"东方第一老太婆"之称的吴茵在1957年后被迫息影。记得1962年有一部叫《春暖花开》的故事片（王丹凤主演，讲家庭妇女参加工作的故事），吴茵扮演一位从乡下进城的老太太，总共才两三个镜头，以致她的名字根本没出现在影片开始的演员表中，她在银幕上的出现，引起观众席上的轰动——"啊，是吴茵……！""吴茵又拍电影了！"——人民喜欢吴茵，他们是不会忘记成就卓著的艺术家的。

我所知道的沈仲章先生

　　凌刚先生在《傅雷中学与傅雷品质》（见 2008 年 8 月 9 日
"夜光杯"）一文中，提到傅雷在遗书中关照夫人朱梅馥的哥哥
朱人秀交还"武康大楼 606 室沈仲章先生托代修奥米茄自动男手
表一只"。今年 4 月 4 日《解放日报》书摘栏《傅雷夫妇：留得清
白在人间》一文内有同样的叙述，可以肯定这是事实。

　　沈仲章先生祖籍浙江湖州，是我的邻居，住武康大楼 602 室
（傅雷先生显然记错了门牌号）。20 世纪五六十年代，武康大楼
居住有二十余户工商业者、民族资本家，沈先生是其中之一，据
说是财力最为雄厚的一家。50 年代中期，政府号召民族资本家出
钱出人，建民办中学、民办小学，沈先生带头响应，捐款人民币
5 000 元（当时大学毕业生的月工资为人民币 48.50 元），在街坊
中传为美谈。

　　我和沈先生大儿子是小学同学，放课后三五成群去沈家开小

组，做作业。记得沈家有一间房一直是关闭的，后来知道这是沈先生的"录音室"，沈先生收集有大量的中国国乐的乐谱和资料，还有钢丝录音设备（当时磁带录音机尚未问世），沈先生专门定制了一块7厘米厚的木头隔音板，放置在前后套间之间，以减少录音时淮海路有轨电车噪音的干扰。上海音乐学院、上海民族乐团的研究人员、专家，经常登门求教、求助。沈先生乐此不疲，为研究国粹尽心尽力。每逢秋高气爽之日，沈伯母（邵嫣贞女士，护士）就会把"录音室"的大门打开，说是"透透气"。原来，沈先生酷爱摄影，这间"录音室"里收藏有二十余架各种牌号、各个年代的照相机及大量照相材料。沈先生的最后一份工作，是南京东路冠龙照相材料商店的职员，他就是在这个职位上退休的。

"文革"开始，沈先生难逃劫难。家中珍贵的资料、器材全部被查抄，居室一度成为南洋模范中学红卫兵的校外司令部。但他性情豁达、泰然处之。有一年夏天，我在26路电车站碰到他手拿拐杖在等电车。他操着浓厚的浙江口音，笑嘻嘻地对我说："我去金神父路（即瑞金二路）吃点心。"品味一角二分一碗的麻酱冷拌面，是他当时最大的乐趣。

有一段时期我热衷于摄影，经常向沈先生求教，这样就和他成了忘年交。1970—1971年间，淮国旧、新光（原"万金记"）、南京路的万象、协群等寄售商店有大量的所谓"抄家处理照相机"出售。各种品种的照相机，如"禄莱弗来""蔡司伊康""莱卡""康太克斯"等，应有尽有，还有各种名牌照相机附件，如"莱之""威斯登"等，琳琅满目。沈先生被抄的相机也在其中。看到自己心爱的藏品在寄售商店被贱卖，心中的苦涩是不言而喻的。但沈先生依然是那样开朗、风趣。他说："去旧货商店看看，就像是参观照相机博览会，还不要门票。"他还告诫我，要学习照相机器材的品种、历史，现在是最好的时机，这种机会以前从未有过，今后也不会再有了。沈先生还教会我一个英文单词——记得我向他请教，店中标牌上的"塞伯细米"是什么意思？他笑着说："SuperSemi"（"超小型"，是"蔡司伊康"相机的一个型号）。在他的指点下，我购买了德国"莱之"牌 13.5 cm 光学取景器、"威司登"圆盘温度计等，保存至今。目前，这些东西已不具有实用价值，却成了收藏者追逐的目标了。

沈先生于 1987 年因肾衰竭谢世。作为一个工商业者，他财力雄厚、学识渊博、乐善好施、广交朋友，应属于上海这一特定社会环境造就的"海派名流"的典型。如果要出一本 *Who is Who in Shanghai*（《上海名人志》），沈仲章先生应当占有一个栏目。

一位好同学

——忆郏宗培

听到郏宗培逝世的消息，我很悲痛。他是一位憨厚、有活力、讲话爽快的人。我和他的交往不算多，但每一次见面他都给我留下了很深的印象。

郏宗培是我当年五十一中学的同学，我们是同届不同班。教我们语文的是同一位老师，姓张，她个子不高，眉目清秀，戴着一副深色边框的眼镜。有一次，她要求我们两个班写同一命题的作文，然后两个班级的同学一对一地对调自己的作文，同学先互相批阅，再交张老师最后审阅、批分。

张老师的这一举措，是当时搞"教育改革"的一种尝试，很受同学们的欢迎。巧的是，我"一对一"调换作文的对象正是郏宗培，我记得他的作文写得很有新鲜感，行文很通顺。而他批注我的作文很认真，下了工夫，用词不合适之处他提了商榷的意见，连标点符号也作了修改，有两处点评的用语我至今还记得：

"笔功有凝练之感""修辞手法用得妙"。

看到他的点评确实蛮高兴的,我就去八班的教室认识这位同学——他个子不高,一对大眼睛炯炯有神,宽大的脸庞乐呵呵的。郏宗培后来在文学、编辑生涯中成绩斐然,其实在中学时代已经打好了功底。

1968 年中学毕业,我们各奔东西,几十年没有见面。2009年,一位朋友告诉我郏宗培担任上海文艺出版社的总编辑。我当时有一个想法是把自己几年来写的有关欣赏古典音乐的文章编一本文集出版,就约好郏宗培,在绍兴路 74 号他的办公室见面。

他的办公室在四楼,门微开着,桌子上、书架上甚至连地上都堆满了书、杂志等,就是没见到郏宗培。我停顿了一会,敲了下门,他忽然从"书山书海"中钻了出来。他还是他,和五十一中学时候相比,身板壮实了些,眼角上多了一些皱纹。

我们坐在沙发上聊天,对于我的出版书的问题,他很赞成,说有许多写报纸专栏的人都希望能出集子,这是因为报纸版面有限,刊登文章时总会有些删减,出书的话就可以复原;他说出版社要求文稿是原创的,不是翻译的,看到我的文章都是有关音乐方面的,他就把自己的好朋友,音乐出版社的方先生介绍给我相识。

对于几十年未见面的老同学的求助,郏宗培没有过多的客套,说话实在、中肯,丝毫没有现今社会上随时可见的闪烁其词、敷衍搪塞。书出版以后,我即刻用挂号信寄给他,请他教正。

2013 年 11 月，五十一中学（位育中学）举办校庆，邀请各届校友参加，我们 66 届校友集中在阶梯教室聚会，一个人叫住我："谢谢你寄的书，收到了。"——是郏宗培，那天他是代表整个年级的校友发言，祝贺母校校庆。

散会后，大家在操场上聊天，许多人围绕着郏宗培，他是大家谈话的中心。由于他有名气，又在领导职位上，免不了有同学会求助于他。他说："找我帮忙，就要抓紧时间了……"我暗忖，他一定是预计自己快要从领导职务上退下来了。

三月初，在《新民晚报》上读到南妮女士悼念郏宗培的文章，震惊之余，我想到他那天讲的话其实是双关的，他知道自己生命的终点可能会提前被设定，希望在到达终点之前多做一点事，多帮别人一点忙，他说"抓紧时间"时还是那么真诚，那么爽朗，甚至带着一点俏皮。

读书和自我责备

　　我在 20 世纪 60 年代上中学时曾读了大量的经典小说。当时的课外娱乐远不如现在丰富，不用说没有电脑、手机，就是电视节目每天也就几小时；书店、图书馆也很少出售、出借经典小说，书的来源仅靠书友之间的相互借阅，当然自己也得备有几本热门书作为"本钱"以供交换；有时候，书源辗转来自书友的书友，往往附带条件诸如"三天以内必须归还"，虽然有些苛刻，但也促使我硬着头皮在三天内就读完一部四五百页的长篇了。

　　读书的另一个巨大动力是当年电影院经常放映一些根据名著改编的同名电影，如屠格涅夫的《父与子》，列夫·托尔斯泰的《复活》，陀思妥耶夫斯基的《白痴》《白夜》，莫泊桑的《漂亮的朋友》等，这些电影的艺术水平大都非常之高，看了电影就会引起你极大的兴趣去阅读原著。有一部苏联彩色影片《带阁楼的房子》（根据契诃夫同名小说改编的）我至今印象深刻，它的故事情节并不复杂，影片有大量的俄罗斯庄园的镜头，导演和摄影精雕细琢，把电影镜头处理成一幅幅多姿多彩的油画，令人叫绝。

那么，读书和自我责备有什么关系呢？有。我一直认为自己读的书不算少，但是总有一些想读而未读的书。有一次我带上一本书去乘游轮，估计一定能读完，未料回上海时发现连书的封面都没有打开过；另一次我和书友交谈时，谎称自己在中学时读过《红楼梦》，因为我觉得自己没有读过《红楼梦》这样的名作似乎是一件很丢人的事，而直至今天，《红楼梦》依然赫然名列我准备读的书单上的第一位。

改革开放以后，经典书籍、翻译小说大量发行，有的还出了重译本，书的来源已经不是问题了。但是，由于自己工作、学习、家庭情况的变化，反而没有足够的时间耕读经典读物了。记得某年儿子放暑假，他从同学处借到一本《东周列国志》（当时《封神榜》电视剧正在热播），我并没有看过这本书，就说我们轮流看吧！我还谎称我小时候曾读过——其实，这也是一种自责。

即使是对于众多有书必读的人来说，也难免会百密一疏。我的一位邻居因为父亲曾在图书馆工作，较容易获得各类图书，从小就是个"书虫"，在13岁时就啃下了洋洋四大本《战争与和平》。她退休时对我说，她要做的第一件事就是重读一遍《战争与和平》，还说自己没有读过《简·爱》。这着实使我不胜惊讶！她又自我调侃说："我可能永远不会读《简·爱》了……"其意思是这本书是适合年轻女子读的，书的魅力只有那些要做一个自尊、自强的女性才能真正地感受到。

高尔基说过："书是人类进步的阶梯。"人们因为未读某一本经典书籍而自我责备，不正说明了读书对人们心灵的滋养是何等的重要?！读书能鼓舞精神，增强思辨能力，识破诡辩和虚伪，读书让人们看到了世界的丰富多彩。

怎样让居室具有品味？

　　要把居室布置好，其实是一桩颇费斟酌的事。一位朋友从美国度假回来，说起拜访过不少美国家庭，总觉得他们的居室布置得很有情趣，又说时下不少国人拥有宽敞的住房、豪华的装修，以及昂贵的家具，不过这些看似完美的居室却总让人觉得缺少了点什么。

　　我完全同意这位朋友的看法，事实上，"完美"往往是无法达到的，在某种情况下，完美往往等同于枯燥乏味。居室应当贴近生活，而最有风格的居室应当能在不知不觉之中体现出主人的身份、兴趣，或者说是主人特有的癖好。好的构思、独具匠心的摆设，往往会有意想不到的效果。

　　可爱的"小动物"。在铺得整整齐齐的床上放一个色彩鲜艳、胖乎乎的玩偶小动物，在餐桌上摆一个白色的瓷器小猴子，或是在壁炉架上放一个硕大的镀金"胖猪银行"（玩偶猪，背上有槽可

83

投入硬币）……这些东西老少咸宜，给人以无穷的乐趣。所以，在旅途上看到可爱的"小动物"，一定要买了带回。

赏心悦目的图片。这类东西起调节情绪的作用，让你看到就心情愉快。它们属于最简单的装饰品，不需要复杂的技巧，也不在乎丰富的色彩或考究的材质，但必须是具有个性的。比如说，儿童图画、圆点花纹，你也可以用随意抓拍的小照贴在镜子的边框上。试着把孩子幼儿园充满稚气的画煞有介事地装入画框，和主题严肃的图片挂在同一面墙上，一定有出奇制胜的效果。

有纪念意义的东西。这些物品不一定具有观赏性，但是是你的亲人用过的，有纪念意义，亦显示你在考虑居室的陈设时，把"爱"放在第一位。一个著名的例子：肯尼迪夫人执意要把她丈夫在白宫用过的摇椅搬回自己家中，在她全套路易十六风格家具的客厅里，肯尼迪坐过的摇椅足以显示主人对亡夫的怀念。

一把有特色的旧椅子。椅子是家具中最能显示其个性的，它的两只扶手好比张开的臂膀，四只脚趴在地上给人以亲近的感觉。一把有年份的、形态古怪的椅子会增加居室的幽默感。你还可以动点脑筋，比如说在椅子上放一叠书，放一个烟缸，放一瓶花，放一盏灯，等等。一旦需要时，它也可以当椅子用。

要有亮点。在大多数情况下，地板、家具都是偏深色的，要有一些明亮出挑的东西来夺人眼球，而这些东西的颜色最好是贴近自然的，如银的餐具、水晶玻璃花瓶、金的相框、铜制的碗或烛台等等，即便是一个空的盒子或者是完全没用的东西，只要色彩引人注目，你也可以把它在书架上和书放在一起或干脆放在书的上面，甚至是郑重其事地安置在落地支架上。

民间布艺工艺品。少数民族工艺品会使你的居室别具一格，并有一种"多元"的色彩。中亚国家的刺绣布染制品、印度尼西亚或西非国家的蜡染、波斯挂毯、摩洛哥婚礼用的地毯等都会有妙笔生辉的效果，你可以用它们来做桌布、床罩、枕头套，或者放在沙发靠垫上。这些东西很实用，每个房间都需要一些，旅行时看到喜欢的就要买下以备今后之用。

棕色家具不能太多。太多的棕色家具会使人感到沉闷，你会觉得不是置身于"家"，而是走进了酒店的大堂。有一位资深的设计专家说过："任何一间房间不能超过三件棕色家具。"你一定看过不少漂亮居室的照片，其家具大都是漆木、腊克、亚克力、金属、玻璃或者是布艺构成的。

装饰性的镜子。镜子不光是供穿衣戴帽之用，还是作用非凡的装饰品。这些镜子大都有做工讲究的木制边框。镜框是金色的，或是涂上厚实的腊克。餐厅里放置镜子，可以反射日光，或是使吊灯的光线更亮。有时，屋内的活动会从镜子里折射出来，还会有相映成趣的戏剧效果。

储物木篮、木架。你可能没有壁炉，如果有，你也不一定会在冬天烧木块取暖。而备一个用木料和耐用的织物做成的储物篮，把它放在客厅沙发边的空位置上，是一种恰到好处的温馨，居室顿时有了一种雅致的时尚感。谁都会有一些杂物需要储置的——杂志、报纸、玩具等等，门厅里备一个木篮放置你的网球拍、运动鞋，浴室里有个木架放置折叠得整整齐齐的毛巾。记住：储物木篮既实用又使居室有腔有调。

一些"岁月磨炼"之物。居室内有一两样"用旧"的东西，会营造温暖的氛围：比如说木制茶几表面久经磨损，木头的本色已暴露出来，或者是椅子套被太阳晒得褪了颜色。反之，窗明几净，样样簇新，使人觉得不像是"家"，倒像是家具商店的陈列室，有"冷"的感觉。欧美人乔迁新居，要举行派对来"暖屋"(warm up the house)，道理就在于此。日常生活的凌乱是正常的，有一点"乱""旧"的家，才是充满爱、充满过日子的情趣的家。

不要让墙面空着

　　装修完你的居室，最后一个步骤是在墙上挂画、挂照片或其他纪念品，不要以为这是件轻而易举的事，说不定你会碰到烦恼。

　　烦恼之一可能是可以挂的东西太多，你要决定挂什么，不挂什么，以及挂在哪里。如果是一面大的镜子，是否会不堪重负摔到地上？如果挂好后效果不佳，是否会损坏崭新的墙面？……

　　不要紧，我有一些经验可供分享。首先，如果要挂的东西太多、太杂，先做一个甲、乙、丙的分类，甲类是首选，乙类权当见缝插针，丙类则属可挂可不挂。从内容来看，大致可分为艺术品、家庭照片和旅游时买的纪念品等三大类。我倾向于把家庭照片集中在一起，这比分散放在艺术品、旅游纪念品中为佳。

　　一个经常犯的错误是挂得太多，几乎每一片空墙都不放过。记住：要少而精。有时，少挂点效果反而更好，把主要的墙面布置好就可以了。

所谓主要的墙面，指的是在居室内你目光停留得最多的地方，一般而言，门厅、客厅、主卧肯定在内。如果你进进出出门厅时目光驻留在大片的空墙上面，那里肯定适合放一幅艺术品，如果是一块空墙，但常常会在开房门时被遮蔽，当然就不适合挂东西了。

看画、看电视是平视，而不是仰视。只要去看一次画展就知道了，展厅陈列的艺术品的中心位置，距离地面大约1.5米至1.6米左右，在家里挂东西当然可以参考这个标准。问题是居室不像展厅那样单一，靠墙的地方可能有沙发、壁炉装饰、窗框窗台等，这些都会影响挂画的高度，所以，没有一成不变的规则。

许多家庭都有电脑桌，随着电脑的小型化，甚至手机化，这些桌子也被用来展示艺术品，放一幅画在电脑桌的上方是个不错的选择，但是画的底部和桌面一定要有10—12厘米左右的空隙，同样的道理也适用于在沙发上面挂画。当然，如果你喜欢随意一点，可以干脆把画放在桌上或斜倚在墙上。

如果你有一大块空墙专门用于挂画，那再好也没有了。推荐一个方法：先把所有的画放在地面排列组合，可以是平行排列，也可以是格栅状排列——无论哪种排列组合，都要注意一个要点：画与画之间要留有空间。空间究竟多少，取决于墙面大小以及画的数量，一般而言，5—6厘米必须要有的。有一句话说得好："艺术品需要足够的空间来呼吸。"

水平面和垂直面所需的空间可以有所不同。我的经验是：如果在门廊挂画，垂直面的空间可以小一点，水平面的空间可以稍大，给走廊以景深感。如果艺术品的形状和体积不同，空间多一点、少一点也很正常。

居室杂乱种种

在住房困难的年代，许多家庭都是一家人一间房，集卧室、餐厅、书房、会客室于一体，房间之杂乱可想而知。现在，人们的住房条件有了很大的改善，很多家庭都是三房两厅，甚至更大，那么，居室杂乱的情况是否就没有了呢？不是的。我亲眼见过拥有宽敞住房的家庭杂乱无比，夫妻为之龃龉不断，有的甚至闹到离婚的地步。

居室杂乱有种种原因——喜欢购物、工作压力大、不舍得扔掉不用的东西，以及居室内可放东西的平面太多等等，还有一种情况也很普遍，妻子认为可以扔掉的杂物，丈夫认为是宝贝，于是口角频频，进而深化到"家里谁说了算"这样的层面。

有人认为杂乱和做事拖延有关，因为把零乱的东西逐一整理归类要花费不少时间，是许多人不愿意做的差使。如果居住在一个杂乱无章的家中，人的心情肯定会变坏，生活满意度降低，而随着年龄的增长，杂乱对生活满意度的影响也成正比增长。

国外有研究证明杂乱会使人的精神处于紧张状态，研究者发现杂乱会促使人体生理上一种紧张的激素"考的素"分泌的增加。2010 年有人在美国洛杉矶对多个中产阶级家庭（夫妻都工作，至少有一个学龄儿童）进行了分析，这些家庭的主妇都声称自己的住家非常杂乱，亟需整理，而她们的"考的素"水平整天都很高，而这些家庭的男主人并不怎么在乎杂乱，他们的"考的素"水平就下降了。显然，丈夫和妻子都看到了杂乱，但是，在乎杂乱的人的"考的素"水平增加了。

下一个问题是，为什么杂乱会触发人的紧张情绪呢？研究人员是这样解释的：长期以来，社会上对中产阶级的居家应该是怎样的已经有了一个约定俗成的标准——"家"，就是一个辛苦一天以后可以喝杯香槟、彻底放松的环境，而不是一个乱哄哄的、有一大堆苦差事等着你的地方。一个杂乱的家，无法满足人们对"家"的期待，在劳累一天以后还要收拾整理，自然会引起情绪紧张。

既然杂乱是如此令人头痛，有没有办法预防杂乱呢？

在做室内装修时，就要充分考虑储藏杂物的地方，比如门厅处的鞋柜，书房间放置信件、文件的抽屉等。

最好的避免杂乱的办法是不让杂乱进屋。购物只购自家需要的东西，对于街上随时可见的"清仓处理，全场一折"的吆喝切勿问津，否则的话，原先店家的积压就成为你居室的积压了。

在处理杂物时，我听到别人说过一个所谓"不要碰"的原则——让别人拿着你的旧衬衣问你："这件不要了吧？"一旦你把它拿在手中，你可能不舍得扔掉它。

最后，对杂乱也要现实一点，居室不可能干净到和家庭装潢杂志封面的照片一样光鲜锃亮，家是人住的地方，人住得舒服就行。

探秘储藏室

大凡上海人的家，必有一储藏室。这里所称的储藏室，和套房内的壁橱（多见于老公寓）是有区别的。壁橱通常用于挂衣服，也放生活用品；而储藏室则是堆放杂物，特别是平日不用的东西的。

我原来公司的一位行政助理家住浦江镇的一幢连体屋，她育有三个女儿，分别是 6 岁、8 岁和 13 岁。家里的一间后厢房权作储藏室，堆满了小孩的玩具、穿不下的衣服、学校的作业、两只婴儿床，甚至还有一只摇摆木马。

她告诉我，每一次想到要处理掉这些东西，她都会有一种负疚感，有时甚至想哭了！她怕她孩子长大后会说妈妈不爱她们，因为妈妈没有保留她们的东西。所以，她不是不舍得扔掉不用之物，主要是这些东西深藏着的情感上的因素难以割舍。

记得当年我清理自家的储藏室时，遇到两个难解之处：有一台 C842 四速唱盘，我肯定不会再用了，却不忍扔掉。C842 是1970 年代上海漕河泾镇电唱机厂生产的，当时属于紧俏商品，我托了人才买到的，那时我用它听"灵格风"唱片学英语，有时还约志同道合的人一起听，它是当年励精图治的见证物。

另有一大盒卡式录音带（估计有数百盘古典音乐的磁带）也属于已淘汰之物，我的播放器早就没了，还要录音带干什么？在最终处理掉这盒东西以前，我着实思想斗争了很长的时间。因为其中很大一部分都是当年在美国念书时一盘一盘地收集起来的，当时 CD 已经开始普及，但价格贵，我等勤工俭学之辈就买卡式录音带听音乐。在国外求学异常艰辛，正是古典音乐抚慰了我，让我忽然明白了世界上还有这么美好的东西！家里的储藏室实际上是我们自身一生的缩影，它会把不同时间段还原成为当年的自己——有快乐、有喜悦，当然也有哀伤。所以，整理储藏室，不仅仅是为了处理杂物，它包含探秘人的内心、挑战人的感情，甚至会引发痛苦的回忆。

有时候，作一换位思考会有助于清理杂物——"这个东西我不需要了，但别人或许会有用"。我在国外常到一些公共图书馆去，进门的地方可看到一个木盒，里面是各种 CD、DVD 碟片，售价 0.5 美元一张。后来知道，这些碟片都是别人捐献的，图书馆略收费用，仅是为了提供一个服务。

清理杂物最大的障碍是什么？"这个东西今后或许有用""这件衣服我减肥（或者是胖一点）后可能会穿"，等等，这种所谓"暂时无用论"会使处理杂物的计划一拖再拖，这时候，如果要下决心处理东西，就应该给自己人为地做一个"最坏情况"的设想，"把这件外套扔了，今年冬天万一真的要穿怎么办？"——不用担心，上网买一件很方便的。

不要为清理而清理。如果过分清理、过分整洁又会怎样呢？这就要看所谓的"过分"是否影响了你和你的家庭的日常生活。

书房、图书馆、1000本书

假日期间的一次聚会，一位朋友谈起新冠期间他和他内人都是居家办公——内人在书房上班，自己在图书馆写东西。在座有人问："怎么，你家开图书馆？"提问的人误会了。我去过这位朋友的家，他所说的图书馆，其实指的是他家餐厅的一面墙，他请人设计了一个大书架，从地面一直延伸到天花板，摆满了中外书籍。为了便于拿书看，他还专门定制了一个可以伸缩、滚动的梯子。

他家餐厅的使用频率并不高，我的朋友在书架旁边放置了椅子、小木桌，写东西、办公就在那儿。书架的另一头还有一张软靠椅，坐在那里翻阅杂志、看报纸或者稍作闭目养神，真的是再舒服也没有了。

可能有人质疑，上海的房价这么贵，电子书又是这么普及，储存几千本书只需要几个硬盘，何不让这块地方改作他用呢？

我的朋友显然不是如此考虑的。他说：在新冠最折腾的时候，人们被要求居家隔离。他坐在图书馆，严酷的现实就仿佛不再存在了，手指尖翻开书页，静静地享受阅读的乐趣，图书馆是一个多么美好的"避难所"！

当今，人们的居住环境有了很大的改善，居室内需要有一个地方让人们安静下来，工作、休息，抑或沉思冥想。这个地方可以是书房，也可以不是一个房间，而是客厅的一隅，或者有一个隔断和客厅分开，隔断里面用深色的木板装饰，再放上软靠椅，配置一个可以调整角度、方向的阅读灯。

注意：一样东西不能少，那就是书。我的那位朋友讲述了读纸质书是怎样地使他陶醉、心旷神怡的。而以我之见，只有当你面对极其多的书，而且是整排整排地陈列的状况下，奇迹般的感觉才会悄然而来——整面墙都是书，直达天花板，它们散发着岁月的感觉，驱除了孤独，滋养着人们的悟性，使人忘却烦恼、不快，进入了一种不咄咄逼人，而是求知若渴的意境。

那么，要构筑蔚为壮观的"书墙"，需要多少本书呢？至少一千本——对于文化人，或者是有文化传统的家庭来说，这并不是一个难以达到的数字。五百本可以吗？我觉得也行，可能这是图书馆最低的门槛吧。就是这个数字也是可以商榷的——每个人肯定都有不少零零碎碎的书本，当这些书本增加到一定的数量时，图书馆就开始形成了。

室内装潢的设计师们，越来越重视图书馆的设计，一套有品位的公寓，一幢别墅，不能没有图书馆。文章开头提到的那位朋友，他的"书墙"是他整套房子的亮点，赋予居室一种亲切感。每次去他家玩，他总是请我在图书馆就座，边聊天边看着书架上的书，看着书的作者、版本、书的硬皮封套，慢慢地品味沉淀在这里面的人文气息。

下辑
上海的高度

扑朔迷离"知更鸟"

　　被认为是美国当代最有影响力的作家哈珀·李 2016 年 2 月 19 日去世。哈珀·李发表于 1960 年的小说《杀死一只知更鸟》(以下称《知更鸟》)，讲述了 20 世纪 30 年代美国南方小镇一位名叫阿蒂克斯的律师，为拯救一个黑人的生命而努力。美国前总统布什称赞哈珀·李"超越了她的时代，她的杰作《杀死一只知更鸟》促使美国追赶她的脚步"。在《知更鸟》赢得普利策小说奖并获得巨大的成功后，哈珀·李宣布她没有计划再出版小说。

　　2015 年 7 月，哈珀·李的第二本小说《设立守望者》(以下称《守望者》)时隔 55 年后由哈珀·柯林斯出版社出版。在《守望者》中，阿蒂克斯一改《知更鸟》中的形象，成为一个恶意的保守派，赞成种族隔离政策，甚至参加 3K 党的会议。书一出版，立即引起了美国读书界、评论界以及喜爱哈珀·李的读者极大的震惊。许多《知更鸟》书迷竞相表示拒绝阅读《守望者》，有的还说:"读了'守望者'令我心都碎了。"

2007 年,哈珀·李因中风住进亚拉巴马门罗维尔德护理院。有人甚至质疑,出版《守望者》是否获得哈珀·李的同意,以及她是否有能力作出同意出版的决定。

在一连串的谜团中,研究哈珀·李的美国专家厘清了一些事实:《守望者》实际上是写在《知更鸟》之前,小说的时代背景是 20 世纪 50 年代,26 岁的女儿斯各特从纽约回到亚拉巴马探望父亲。1957 年,李把手稿交给出版社,出版社的编辑建议李写斯各特的童年,写她精神上备受抑郁来展开故事情节,李接受了编辑的意见并修改了原稿,这样,就诞生了故事发生在 30 年代的巨作《知更鸟》。

还有一个重要的事实:哈珀·李的律师卡特女士前些年在李的保险箱发现了《守望者》的手稿,同时还看到另一叠手稿。去年 7 月,卡特在《华尔街日报》发表文章,揣想这可能是哈珀·李的第三部小说,其内容是链接《知更鸟》和《守望者》的。她聘请了一位叫雅费(Jaffe)的研究手稿的专家来评估这部手稿,雅费最后得出结论,手稿是《知更鸟》的一个较早的版本。雅费说,较早的版本和最后成书的《知更鸟》存在很大的差别,其中一些篇章非常接近《守望者》——从中可以看到哈珀·李的思路是如何从《守望者》转向《知更鸟》的。

鉴于《知更鸟》与《守望者》的巨大差别,人们深感兴趣的是,当时发生了什么事?哈珀·李为什么要作如此大的修改?她的创作思路是怎样完成转变的?这里,我们必须强调一个事实,主人公阿蒂克斯是以哈珀·李的父亲阿玛萨·科尔曼·李（A·C·Lee）为原型的，A.C.李是一位律师，他是一个赞成种族隔离的人，在1919年，他被指定为被控谋杀罪的黑人辩护。哈珀·李的传记作家希尔德说，当哈珀·李着手写《知更鸟》时，A.C.李的思想有了转变，他变得支持种族和解。哈珀·李本人在1962年接受《纽约先驱论坛报》的采访时说：她的父亲"个性上很像他（指阿蒂克斯——作者注），南方人有一种性格趋向，他们不时会走在他们所处的时代前面一点。"

当我们面对围绕《知更鸟》的这些扑朔迷离的事实时，还要注意一点，《知更鸟》之所以被人喜爱、成为经典，某种程度得益于环球电影于1962年根据小说改编拍摄的同名电影，特别是当时著名的电影演员格里高利·派克主演的阿蒂克斯，成为一代美国人的偶像（派克主演的根据马克·吐温小说改编的《百万英镑》20世纪60年代曾在本市上映过——作者注）。派克因此获得1963年的奥斯卡奖。他曾经说过："直到演了阿蒂克斯·芬克后，我才找到真正的自己。"当被问到现实生活中有谁像阿蒂克斯一样的高尚和理想时，派克回答："我一生中碰到过两个人——一个是我的父亲，另一个就是哈珀·李的父亲。"

派克于2003年去世，现在，如果《环球电影》决定拍摄《守望者》，而阿蒂克斯的角色和《知更鸟》又是如此地大相径庭，派克假如还活着，他还愿不愿意演阿蒂克斯呢？

《简·爱》人物的原形

英国女作家夏洛蒂·勃朗特的《简·爱》是19世纪最受欢迎的小说之一，书中的女主人公是一个孤儿，天性自尊、自强，在一个"鬼魂"出没的古堡里追求到了属于自己的真正的爱情。人们爱读这本小说，也对作者勃朗特产生了好奇心——这位约克郡哈沃斯的牧师女儿，身材娇小、貌不惊人甚至有点害羞，她何以能将简·爱刻画得如此细腻、多彩、入木三分，她本人是不是就是女主人公的原型呢？

勃朗特在《简·爱》的扉页上注曰："柯勒·贝尔编辑的自传"，这就更引起了读者的兴趣——这位贝尔究竟是谁呢？贝尔是男的还是女的呢？众所周知，勃朗特生前十分注意自己和简·爱保持距离，一再坚称简·爱不是她自己。一次她应邀在伦敦讲课，主办人介绍勃朗特就是简·爱，她大为不快，第二天特地赶去主办人的家，向他阐明自己不是简·爱。

最近有研究认为，《简·爱》是一部虚构的文学作品，是勃朗特把自己的一些充满创伤的经历进行艺术加工而写成的。但是书中的男主角罗切斯特尔，倒是有着生活中的原型。罗切斯特尔是由勃朗特最崇敬的三个人合成的：她易怒的父亲帕特里克、她快乐主义的哥哥布赖维尔，以及她脾气专横的法语老师康斯坦丁·赫格尔。

书中的罗切斯特尔是一个体力充沛、意志坚强的人，他勇敢，但脾气暴躁。勃朗特的父亲也有相似的性格，有人描述他就像是随时可能爆发的火山，他甚至带着一把子弹上了膛的手枪，每天早上都要朝他卧室的窗外开几枪。帕特里克后来罹患白内障，勃朗特细心地照料着父亲，人们不由联想起《简·爱》中简·爱是如何照顾双目近乎失明的罗切斯特尔。帕特里克白内障手术后，勃朗特每天几个小时地在房间里悉心呵护，正是在这期间，她开始动笔写《简·爱》。很显然，在写罗切斯特尔时，勃朗特的父亲是一个占主要地位的人。

勃朗特的哥哥布赖维尔的角色有点复杂。他是勃朗特青年时代形影不离的伴侣，勃朗特称他在精神上"等同自身"，后来，布赖维尔因吸食毒品而"自我堕落，成了为家庭带来耻辱的一个人"。在小说中简·爱和罗切斯特尔交谈时，常对他感性上的弱点加以调侃，这些弱点，显然是勃朗特青春期爱慕的布赖维尔弱点的翻版。

最明显的生活原型当属赫格尔——勃朗特的法语老师。1913年，勃朗特写给赫格尔的信件向公众披露，信中，勃朗特单相思地暗恋着这个"凶猛的"（勃朗特语）人——他不讲情面地纠正她的错误，严厉地要求勃朗特用法语写作，她认为赫格尔是一个能理解自己的人，这和《简·爱》书中性格阴沉的罗切斯特尔一眼看穿简的内心如出一辙。而且，勃朗特也没能嫁给他，因为赫格尔已有妻室了，后来赫格尔还主动地中断了给勃朗特写回信，因为他意识到对方已坠入爱河。

罗切斯特尔是上述三个人的合成，在《简·爱》中，勃朗特更是让罗切斯特尔浴火重生，她奇迹般地让一场大火烧死了罗切斯特尔的夫人，简·爱和罗切斯特尔得以喜结连理——这样，勃朗特现实生活中情感上的失落，终于在简·爱的浪漫的爱情中得到了补偿。对于任何一个初读《简·爱》的人，知道这些人物原型的故事，一定是会对读这本小说更有兴趣的。

安妮·弗兰克写的诗

　　1970年，一位名叫克莉丝蒂娜·范玛尔森的荷兰妇女拿出一本孩提时代的笔记本，她从里面撕下一页纸，纸上有一首8行的诗，是几十年前她妹妹杰克琳最要好的朋友写给她的，诗的语气高傲，长久以来一直使克莉丝蒂娜颇感不快。

　　写这首诗的是安妮·弗兰克。

　　诗写在一本纪念册上，诗的前四句是一些勉励的句子，据判断是摘自当时荷兰的一本期刊上的文章，因为安妮认为克莉丝蒂娜不用功，所以写上几句作为鼓励。后四句应该是安妮自己的话：

　　　　如果有别人来责备你
　　　　因为你做错了什么
　　　　那么，你就应该改正错误

这是你对责备的最好的回答

克莉丝蒂娜于 2006 年去世，她去世前把这首曾令她不快的诗交给杰克琳保管。2016 年 11 月，这首安妮的诗稿在荷兰的一家拍卖行拍出 148 000 美元的高价，可见在安妮命丧纳粹集中营 70 年之后，以《安妮日记》为代表的控诉"纳粹反犹"的文化依然具有极强的影响力。

安妮的这首诗写给"Dear Cri-cri"，由她亲笔签名，日期为 1942 年 3 月 28 日，距安妮一家被迫进入她父亲办公室顶楼的小阁楼躲藏起来仅有四个月的时间。安妮就是在那个小阁楼里写了她的著名的《安妮日记》。1947 年，《安妮日记》出版后迅速走红，出版量超过三千万册，被译成 67 种语言，成为一本代表纯真少女早熟的标志性的作品。

杰克琳为什么要把这件物品拍卖呢？她告诉记者，主要是因为她姐姐并不喜欢安妮写给她的诗，因为安妮批评了她，说她早早就离开学校回家，而安妮则是整天很忙。她说，克里斯蒂娜把信交给自己保存是因为知道她一直是收藏安妮的东西的。如果这首诗是写给杰克琳本人的话，她绝不会卖掉它。既然克里斯蒂娜不看重这首诗，她决定将它卖掉。

杰克琳认为，《安妮日记》如此地受人欢迎，不仅是因为它写得好，而且是因为安妮是一个绝顶聪明、极为性格化的少女。拍卖行为这首诗开出的底价是 32 000 美元，最终以高于底价 5 倍成交（拍得此件的人不愿意透露姓名）。安妮亲笔签名的物件十分罕见，过去四十年光景只见到四到五件，所以这次拍卖引起了人们极大的兴趣，远至斐济、日本的人都来参加了。

当年纳粹发现了安妮一家的藏身之处，他们破门而入，把所有物件都堆放在街上，不是被风吹雨淋就是被人偷走，所以，有关安妮的遗物真是少而又少。一位研究安妮·弗兰克的人说：在20世纪40年代，荷兰很流行互相在"纪念册"上签名、题词，所谓"纪念册"实际上就是当时的"社交媒体"。安妮在写给克里斯蒂娜的诗中表现出来的感情，或者说是意见，对研究安妮是十分重要的，因为当时安妮处在完全自由的状态下，而不久，她就和家人一起进入了被禁锢的生活。

我们读者的脑海中，安妮似乎是一个从来没有离开过小阁楼的女孩，但是从这首诗，我们看到的是另外一个安妮，一个自由的——精神上完全自由的安妮。

托洛茨基的最后岁月

    列昂·托洛茨基（1879—1940）可能是历史上最难"盖棺定论"的人物之一。他曾经是苏联共产党内仅次于列宁的第二号人物。在十月革命后的苏联国内革命战争时期，他协助列宁在彼得格勒指挥苏联红军和英国、法国支持的"白军"作战，保卫了布尔什维克十月革命的成果。当时的战争残酷异常，托洛茨基乘坐他的专用列车穿梭于战场与战场之间，激励红军杀敌，对那些稍有怠慢的人，包括投诚红军的前沙俄官兵，他一律"格杀勿论"。

    托洛茨基是一位作家、革命理论家，他口才极佳，擅长于发表鼓舞人心的演讲。纵观托洛茨基一生，他在意识形态上有过一次改弦易辙，那就是在 1917 年，他和孟什维克决裂，加入列宁领导的布尔什维克，自此以后，他始终认为自己是矢志不移的马克思列宁主义者，在他生命的最后时期，他还把资产阶级民主等同于当时希特勒德国的社会形态。

托洛茨基于 1929 年被驱逐出苏联，辗转于土耳其、法国、挪威等国，当时美国政府拒绝给他签证。墨西哥有一位亲共的壁画家叫提亚哥·列维拉吁请墨西哥政府给托洛茨基政治避难权。所以，从 1937 年起，托洛茨基和夫人娜塔丽亚就居住在墨西哥城南面的一个叫科瑶坎（Coyoacan）的地方。他的流亡生涯过得并不舒坦，因为苏联当局在莫斯科对他以"与法西斯分子密谋"罪进行缺席审判，他自己觉得随时可能被苏联克格勃"追杀"。

在 20 世纪 30 年代，美国纽约有许多人信奉托洛茨基的理论，他们自发地组织了一个叫"美国人保护托洛茨基委员会"，并派专人到科瑶坎负责保护他。在人生的最后几年，托洛茨基逐渐淡化了他的"俄国"背景，以一个"超国家"的革命者自居。这恐怕是时至今日，俄罗斯史学界依然不喜欢托洛茨基、不重视对他的研究的原因。在个人生活方面，托洛茨基曾和画家列维拉的妻子弗里达（也是画家）有过一段恋情，但是在生活的最后年头，他还是回到结发妻子这边，与娜塔丽亚和他们在院子里饲养的五十只小白兔、小鸡为伴。

墨西哥政府对托洛茨基的安全应该说是尽到了责任。但是，克格勃毕竟棋高一着，他们利用墨西哥政府接纳西班牙内战的政治流亡者的机会，派西班牙革命者梅卡德（Mercader）的儿子拉蒙·梅卡德（Ramon Mercader）和他的美国妻子西尔维亚（Sylvia），骗过保卫，进入托洛茨基居室，托洛茨基被拉蒙用冰镐重击身亡，这是 1940 年 4 月 20 日的事。

在 20 世纪，遍布于世界的托洛茨基的信奉者崇尚政治上的极端路线，他们认为列宁是对的，斯大林是错的，苏联只是一个蜕化的工人国家。事实上，托洛茨基终生为之奋斗的理论，也经受着历史的检验。怎样走出禁区，客观地、公正地研究、评价托洛茨基，是放在历史学家面前的任务。

追捕门格勒

　　"二战"以后，欧洲乃至整个世界都在清算"纳粹"的罪行，当时有不少"纳粹"分子逃往南美的一些国家，以躲避法律的制裁。

　　约瑟夫·门格勒是一个罪恶累累的纳粹医生，他在奥斯维辛集中营用活人做各种医学试验，每当有新的囚犯送达集中营时，他就"甄别"囚犯——把年老体弱的立即送往毒气室杀死，其余的先留下做苦工。所以，他被人称为"死亡天使"。

　　在 20 世纪五六十年代，以色列精悍的情报组织摩萨德先后捕杀了相当一批纳粹逃犯，20 世纪 60 年代初，摩萨德抓获负责实施屠杀犹太人的纳粹高官阿道夫·艾希曼，并把他带到以色列受审，最终处其以极刑。当时许多人认为，摩萨德的下一个目标肯定是门格勒，并认为凭摩萨德的能力，捕获门格勒并不困难。

　　但是，门格勒一直没有被抓获，其原因究竟何在呢？这是历史学家十分感兴趣的一个问题。

根据最近解密的档案，门格勒是在 1948 年逃离德国去了阿根廷，他用的是红十字会给他伪造的证件，摩萨德的档案透露，红十字会当时甚至知道他们是在帮助一个战犯逃离的。

门格勒初到阿根廷，用的是一个假名，后来恢复了真名，甚至堂而皇之地在其住所的门上放置一块"约瑟夫·门格勒医生"的名牌。原来，尽管门格勒二战中劣迹斑斑，当时的西德政府却并没有向他发出逮捕令，也没有要求阿根廷政府引渡他，甚至于还向门格勒提供文件帮助他洗刷战时的罪行。

1959 年，西德政府终于向门格勒签发了逮捕令，他得知后就躲藏起来，先是在巴拉圭，后来他躲到了巴西。1960 年，摩萨德开始追捕门格勒，有一个叫沙逊的纳粹分子是门格勒的熟人，他告诉摩萨德门格勒藏身在圣保罗，和一批纳粹分子以及同情纳粹的人同住。

不久，摩萨德的探子看到一个面貌特征和门格勒相似的人走进一家药房，药房的老板是一个和门格勒有联系的人。1962 年 7 月 23 日，摩萨德特工泽维（当年艾希曼就是他捕获的）沿着一条崎岖不平的路前往门格勒藏身的农场，他遇到一群人，其中有一人酷似门格勒。摩萨德南美机构的负责人向总部报告了这一发现（后来的事实证明泽维看到的那人确系门格勒），请求批准进行抓捕。

但是，摩萨德总部负责人哈内尔却指示南美机构放弃追捕门格勒。原来，就在收到关于门格勒情报的同一天，哈内尔接到消息：埃及招募了德国科学家来建立导弹系统，哈内尔的当务之急是要处置这件事。摩萨德当时成立时间不长，人力资源有限。哈内尔的处事风格是：专心致志只做一件事。埃及当时是以色列的主要对手，它招募德国科学家一事摩萨德居然一无所知，哈内尔颇为尴尬，不得不动员摩萨德的全部力量来应对。

半年以后，摩萨德换帅，新上任的负责人阿米特正式命令摩萨德停止对历史逃犯的追捕，集中所有的人员、资源来应对以色列的安全所面临的威胁。他指令：追捕纳粹逃犯只能在力所能及的情况下进行，且不得妨碍摩萨德的主要使命。阿米特的这些决定获得了当时的以色列总理艾希科尔的支持。摩萨德最终消除了埃及导弹计划对以色列的威胁，继而收集了大量阿拉伯国家的情报，使以色列得以在 1967 年的中东战争中取得了上风。

阿米德在摩萨德内部要承受相当的压力，这是因为很多摩萨德的雇员都是在欧洲招募的，他们大都有亲人、朋友死于纳粹的大屠杀，有的雇员甚至本人就是集中营的幸存者，所以他们有很强的复仇欲望，但是，由于当时摩萨德资源的局限，放弃追捕纳粹罪犯也是无可奈何的事。

1968 年，摩萨德又一次无限接近抓住门格勒，有人探知他隐藏在圣保罗附近的一个农场，有一批人庇护着他，这批人就是泽维六年前侦察到的人。一位特工向阿米德报告了这个情报，并请求批准：抓其中的一个人，通过拷问让他供出门格勒的行踪。这位特工的上司觉得他过于迫不及待，把他调回了以色列。门特勒又逃过一劫。

随后的几年，以色列和阿拉伯国家的关系日趋紧张，1973 年"赎罪日战争"爆发，以色列政要都把注意力集中在和阿拉伯邻国的关系，以及苏联帮助叙利亚扩充军备，根本无暇顾及追捕门格勒。

1977 年，莫纳汉·贝京当了以色列总理之后，情况有了改变。贝京是一个比较情绪化的人，他认为希特勒的大屠杀不只是一段罪恶历史，而是以色列人必须从大屠杀中得到教训，那就是威胁以色列生存的外部条件是始终存在的，犹太民族必须竭尽全力保护自己。1982 年，贝京派兵进攻黎巴嫩，他给时任美国总统里根写信，称他觉得进攻黎巴嫩就好比是进攻柏林，把希特勒从地堡中消灭一样。

所以，贝京把捕杀门格勒看作是要让以色列的敌人知道伤害以色列人是要付出代价的。1977 年 7 月，贝京指令摩萨德重启追捕纳粹逃犯特别是门格勒的行动，并指示如果不能活捉他们交付法庭审判就杀死他们。

摩萨德立刻行动起来。1982 年，摩萨德计划绑架门格勒一位叫鲁德尔的密友的儿子，通过他来获得门格勒的行踪，不巧的是，计划尚未实行，鲁德尔死了。

也是在 1982 年，摩萨德得悉门格勒的儿子在西柏林工作，他和老门格勒的生日是同一天，预计那一天父子之间会通电话说"生日快乐"的。西柏林当时的情况是各路间谍云集，摩萨德的原则是尽量不在西柏林活动，但他们认为这可能是抓住门格勒的最后的机会了，他们派出特工在门格勒儿子的住所和办公室装了窃听器。

但是，一切都为时已晚——在三年前的 1979 年，门格勒在圣保罗海滩游泳时，溺水身亡了。

圣保罗的海水，代表了千千万万的大屠杀死难者的冤魂，向这个恶贯满盈的人伸张了正义，遗憾的是，门格勒死的时候依然是一个自由的人。

"《马赛曲》年"听《马赛曲》

日前，在朋友处欣赏音乐，有人建议听《马赛曲》，大家一致叫好。朋友拿出他珍藏的 DG 正版 CD，当乐曲响起时，大家都不约而同地屏息倾听这支由柏辽兹作曲、多明戈独唱、巴伦博依姆指挥的雄伟的法国国歌。

2016 年被法国总统命名为"《马赛曲》年"。这是因为在2015 年 11 月 14 日晚，巴黎的巴塔克兰剧场突发恐怖分子劫持人质事件，造成 100 余人死亡。这一悲惨的事件震惊了全法国乃至整个世界。法国人民对恐怖分子表示出了极大的愤怒，遍布全国的民众集会齐声高唱《马赛曲》；凡是足球比赛开场前、或者是大西洋另一侧美国音乐厅的表演开始前，《马赛曲》总是一遍又一遍地奏起，短时期内迅速成为法国乃至整个西方世界的主旋律，这一现象几乎没有人预计到。

《马赛曲》的迅速走红，引起了许多人的关注。因为就在两年以前，这支曲子一直是法国政界的极右政党——国民阵线所极力推崇的，2015年1月7日巴黎发生《查理周刊》总部遭到恐怖袭击后，就有民众通过唱《马赛曲》来展示反对恐怖分子的坚强意志，《马赛曲》原先带有的"极右"的色彩就开始被摆脱了。

　　作为法国的国歌，《马赛曲》和法国民众的关系是微妙的，许多人原来并不怎么喜欢它，法国有众多非洲、亚洲和阿尔及利亚的移民，这些移民的后代普遍认为"法国其实并不喜欢我们"，巴黎发生的恐怖袭击反而使他们更热爱法国，认为自己真正成了法国人。

　　《马赛曲》诞生于马赛——法国南方的工业城市。有一位来自马赛的法国著名艺人说起，他从小就没有养成崇敬国歌的习惯，因为在马赛，一直存在一种我们必须要反对政府的习惯心理。恐怖袭击发生以后，他听到其他国家都在唱《马赛曲》，感觉到作为法国人更应该显示团结，爱法国所爱。

　　《马赛曲》的歌词是由克洛德·约瑟夫·鲁日·德·李尔于法国大革命（1792年）时期谱写的。在全曲高潮中有一句歌词"用不纯洁的血洗涤大地"一直备受争议。人们不清楚"不纯洁的血"究竟是谁的血？另外有人认为此歌词具有煽动性、有暴力倾向、容易使人联想起法国的殖民历史等等。正因为此，在2000年代，发生过法国－阿尔及利亚籍和源自科西嘉岛的足球运动员在奏法国国歌时喝倒彩的事件。但是，法国主流民意认为歌词不应该改，认为在德·李尔那个年代，所谓"纯洁"往往是寓指贵族统治，德·李尔在这里是号召民众用自己的"不纯洁的血"来捍卫法国大革命。

　　"《马赛曲》年"行将过去，但《马赛曲》永远被我们音乐爱好者喜爱。它雄伟的旋律，它充满纠结的历史向我们展示了音乐的伟大力量，音乐能使人民在国家面临困难的时候团结在一起。

为托斯卡尼尼辩护

在 20 世纪 60 年代，我认识一些喜欢古典音乐的前辈，他们经常提到的一位大师就是托斯卡尼尼（1867—1957）。记得我听过他们收藏的不少托斯卡尼尼指挥"NBC 交响乐团"的黑胶唱片，其中还有 78 转的粗纹唱片，5—6 分钟就要换一面。印象较深的有舒曼的《"莱茵"交响曲》、柴柯夫斯基的《罗密欧与朱丽叶幻想曲序曲》等。

这几位爱乐者在"文革"中大都身陷囹圄，唱片也荡然无存。但是，我对托斯卡尼尼的崇敬却一直没有变。今年 8 月，我在"富豪环球东亚酒店"举办的"第九届上海国际音响影音视听展暨黑胶文化节"看到一张托斯卡尼尼指挥"NBC 交响乐团"的黑胶唱片，节目是海顿的第 94、101 交响曲（别名"惊愕"和"钟声"），是 RCA 出版的，成色很新仅售 40 元。我欣喜异常，立即买了下来。

海顿的"惊愕"是一支极有特色的交响曲，第二乐章行版中那响亮的击鼓声，据说是海顿的一个小"恶作剧"，为了让观众席中昏昏欲睡的英国人惊醒过来——"惊愕"即由此而来，这段精彩的音乐总是激起乐迷们极大的热情。细细品味托斯卡尼尼的演绎，它虽然没有索尔蒂指挥"伦敦爱乐"版本的那种排山倒海之势，却具有一种最简单的风格，几乎像首童谣，其慢乐章更是充满着欲言又止的韵味。

今年是托斯卡尼尼逝世 60 周年的整数年，报刊上出现了一些纪念这位音乐大师的文章，其中也有不少评论家对这位大师颇有微词，认为他对当代音乐，特别是前卫派的 12 音阶作曲法（以勋伯格、贝尔格、韦伯恩等第二维也纳学派为代表）不予重视。

这种批评多出自德国的一些音乐学家，我认为对托斯卡尼尼是不公平的。托斯卡尼尼首次指挥乐队是在 1886 年，时年仅 19 岁，在随意大利歌剧院在巴西巡演时，他临时顶替指挥威尔第的《阿依达》，而且是背谱指挥的。那时候，勃拉姆斯、威尔第、德彪西等还活着，理查·施特劳斯和托斯卡尼尼年龄相仿，瓦格纳也去世没几年。托斯卡尼尼一生共演出了约 600 部作品，其中"重头戏"正是瓦格纳的作品。《众神的黄昏》首次在意大利演出，就是托斯卡尼尼指挥的，1930 年，他成为第一位"非德国学派"指挥被邀请在"拜罗伊特音乐节"指挥节目。

他在意大利首演了《佩里亚斯与梅丽桑德》和《莎乐美》，被认为是一个勇敢的创举，因为这两部作品在当时都属于非常前卫、颇有争议的，作曲家德彪西、理查·施特劳斯也是正当盛年，所以，说托斯卡尼尼对"当代音乐"关注不够，是站不住脚的。

1937年，托斯卡尼尼70岁那年，美国商业无线电和电视的企业家、RCA（美国广播唱片公司）的老板戴维·沙诺夫将自己旗下的"NBC交响乐团"交由托斯卡尼尼组建、指挥，托斯卡尼尼有了自己的乐队，灌制了大量的唱片，从而使托斯卡尼尼指挥的音乐被一代又一代的爱乐者所欣赏。换言之，今天我们对托斯卡尼尼的了解、评论，很大程度上是基于他指挥"NBC交响音团"的录音。

诡异的是，这件事却使这位指挥大师饱受非议。有人认为，接手"NBC交响乐团"后，托斯卡尼尼的指挥不如以前舒缓、广阔了。特别是在1954年，托斯卡尼尼在卡内基大厅指挥威尔第《假面舞会》（他生前指挥的最后一部完整的歌剧），他的记忆力大为减退，致使这场实况转播的音乐会出现了不少问题。

有许多的理由可以为大师辩护——托斯卡尼尼领衔"NBC交响乐团"时，年逾七十，已经过了他演出生涯的巅峰期，而他在当打之年时，录音技术还远未完善；在广播电台指挥乐团和在现场指挥有很大的不同，那就是必须要匹配电台所给的时间，所以大师的指挥有时会给人以一种匆促感，至于卡内基1954年的音乐会，大师已经87岁了，记忆力不能和年轻时相比。简而言之，我们今天听到的托斯卡尼尼，都不是他的巅峰之作。

1929年，一位21岁的年轻人在维也纳听了托斯卡尼尼指挥斯卡拉歌剧院的演出后写道："生平第一次，我知道了'指挥'的含意是什么……音乐和舞台上的表演是如此的天衣无缝，每一个动作都有特定的含意，每一样东西都有它存在的目的。"他是卡拉扬。

马勒写过几部交响乐？

　　古斯塔夫·马勒的交响乐，是古典音乐爱好者的"必修课"。那么，马勒究竟写过几部交响乐呢？如果我们接受音乐西方音乐史的编号，那就是9部。但是，在第八交响乐和第九交响乐之间，马勒写了《大地之歌》，在乐谱的标题一页，马勒特地注释了副标题："为男高音、男中音而作的交响乐"。

　　马勒为什么不把《大地之歌》标为"第九"呢？原来，他是个"宿命论"者，似乎"第九"就意味着是最后一部，因为在他之前的几位作曲家，如舒伯特、贝多芬、布鲁克纳等，都是写完第九交响乐不久就去世了。而马勒在写完"第九"之后，还留下了"第十"全曲的手稿。自1924年始，这部手稿的副本已有流传，在20世纪70年代，"第十"的正式版本，以及经音乐家编辑的可作为演出用的乐谱在伦敦出版。所以，我们可以认为马勒一共写了11部交响乐作品。

按照创作年代来看，可以把这 11 部作品划分为三个阶段，或者说是三个三部曲，在三部曲和三部曲之间，各有一部交响乐承上启下。"第一"至"第三"是早期三部曲，其中有人声演唱，也有引用马勒所作歌曲的旋律，这三部交响乐，展现了青年马勒的强烈的愿望和志向。在早年三部曲之后的"第四"，是马勒所有交响乐中篇幅最短的，音乐具有天真纯朴的气氛，如田园诗般引人入胜。

　　接踵而来的中期三部曲——"第五"至"第七"是纯乐队作品，展现了人同社会、人同现实的关系，面对死亡憧憬精神升华和净化。规模浩大的、全声乐的"第八"又把我们带回到了早期，马勒以规模浩大的乐队、合唱、独唱、童声合唱来歌颂欢乐和荣耀。

　　马勒的晚期三部曲就是《大地之歌》、"第九"和未完成的"第十"。这三部作品是马勒在纽约期间写的，当时，他担任了大都会歌剧院和纽约爱乐乐队的指挥。马勒在完成"第八"后被医生告知身患重病且已来日无多，他发现自己来之不易的宗教信仰并不足以驱除凶兆，这使他陷于极度的失望，所以，马勒晚年的三部曲被业内认为是"灵魂深处的黑暗""对死亡与升华的平静的接受"等等也就不足为奇了。

　　如果要问古典音乐爱好者你最喜欢马勒的哪一部交响乐，肯定会有许多不同的答案，而且，人在不同的生活阶段，马勒的交响乐的"最爱"也会不同。马勒音乐的感情容量、表现幅度都大大地超过了他的任何一位前任——时而欣喜若狂，时而郁郁沉思，有时会带有自嘲的谐谑，有时甚至恐怖怪诞，许多篇章穿插以对人生奋斗的崇敬和对大自然的赞美。

我有一次和一位学音乐的女士聊起这个话题，她说她最喜欢的是马勒的"第六"和"第九"，我吃了一惊，因为这是马勒最具悲剧性的两部作品，可能也是他所写的交响乐中分量最重的两部。2009 年 2 月，芝加哥交响乐团首次访问上海，海廷克指挥的第二场演出就是"马六"；2011 年 11 月，西蒙·拉特尔在上海大剧院指挥柏林爱乐演出"马九"。这两场音乐盛宴一直被乐迷们啧啧称赞。欣赏过名乐团、名指挥对马勒交响乐的诠释，也肯定是人们喜欢这两部作品的原因之一吧。

沉重的浪漫

　　他死了。在布痕瓦尔德集中营煎熬了六个星期后，得了急性痢疾，就像在这里先后死去的五万人一样，悲惨地死了。

　　瓦尔海姆是一位医生，盖世太保以所谓的"颠覆国家"的罪名把他投入汉堡的监狱，讯问后又作为政治犯转移到布痕瓦尔德，那是1944年春天的事。

　　那年的5月5日，瓦尔海姆给妻子凯蒂写了一封信安慰她，说自己一切都好，在采石矿做工时还可以呼吸到新鲜空气，欣赏哈茨山脉的风景。瓦尔海姆还说，当天晚上6点钟他会从收音机听富特·文格勒的音乐会，他建议凯蒂今后每星期天的晚上也打开收音机——这样，即使是身处两地，他们仍然可借音乐为媒相爱。

　　借音乐为媒相爱，这多么浪漫！但是，一边是汉堡别墅精致的客厅——当时，凯蒂在盟军频繁的空袭下尽力保护两个男孩；

另一边是布痕瓦尔德第 59 号囚室的床铺。这一份浪漫又是如此地凄凉、沉重。

瓦尔海姆的这封信幸存下来了，他的孙女柯林娜爱好古典音乐，70 年以后，她想求证瓦尔海姆那天听的究竟是什么音乐会。

布痕瓦尔德确实有扩音机系统，通常是用来叫嚷给囚犯命令的。柯林娜没有办法知道那个星期天的晚上扩音机是否播放了古典音乐，因为有幸存者写过回忆录：在布痕瓦尔德，是否播放音乐完全是卫兵心血来潮的决定。但是，柯林娜从法兰克福德国广播档案馆中查到，瓦尔海姆所谓的富特·文格勒的音乐会，实际上是每周一次的《古典音乐一小时》节目，在 1944 年由戈培尔（纳粹宣传部长）批准播放的，节目的开始曲是布鲁克纳的《第三交响曲》的末乐章，它的英雄的、军号似的主题据说象征着"德国人的战斗精神"。

接下来的节目单有巴赫的《马太受难曲》、华尔兹舞曲，以及瓦格纳的《特里斯坦与伊索尔德》第二幕——这些就是瓦尔海姆写信那天的节目。凯蒂是否能在下一个星期天之前收到瓦尔海姆的信呢？如果收到的话，她是否能和瓦尔海姆同时聆听勃鲁克纳《第四交响曲》开始时那充满渴望的管乐独奏，以及莫扎特、亨德尔和施特劳斯的音乐呢？布痕瓦尔德饥肠辘辘、充满恐惧的囚犯，听着亨德尔《弥撒亚》欢乐的"哈利路亚"合唱，又会是如何的感受呢？

瓦尔海姆的"罪名"是"对外国人友好"。作为医生，他为在汉堡服苦役的乌克兰人治病，他对病人很友善，还自学俄语，为的是更好地照顾病人。有人向盖世太保告密：瓦尔海姆说"有朝一日我们都要学俄语了"——这句话足以致他于死地。据说，盖世太保还发现一位乌克兰妇女写的一张纸条，以备一旦红军获胜可以证明瓦尔海姆是个好人。

他在治病时，总是把诊室的移门拉开一点，为的是让候诊的乌克兰病人听到诊室播放的古典音乐，他相信，不管时间多么短暂，听到音乐总是一种安慰。

梵高的《向日葵》

著名印象派画家文森特·梵高画过不少以向日葵为题材的画。其中有一张名为《向日葵》的画被公认为梵高最著名的画作之一。但这张画有一段故事却鲜为人知。

1888 年的夏天，梵高邀请他的朋友也是画家的高更去他在法国南部阿尔的家小住，当年梵高准备把他在阿尔的家搞成一个艺术家静居、共同创作之处，高更到达后，住进为他准备的客房，看到房内布满了梵高的画，其中有一张《向日葵》，瓷器花瓶盛满花朵，短粗的笔触把向日葵画得生气勃勃，鲜艳的黄色更是激情四射。

高更住了两个月，结果和梵高不欢而散，两人大吵一架，梵高耳朵受伤、精神崩溃，住进医院治疗，高更返回了巴黎。

　　但是，高更在几个星期之后写了一封信给梵高，希望梵高把那张《向日葵》送给他，称这张画是"最完善的'文森特'风格"。梵高不愿意割爱，他认为《向日葵》或是他最成功的作品，他决定再画一张相同的以换取一张高更的画。1899年1月，梵高完成了该画，但是他却没有将画寄给高更。正因为此，梵高留给了后世两幅同名的《向日葵》，分别于1888年和1889年作于阿尔，业内公认这是迄今为止画向日葵最为杰出的两幅作品。第一幅《向日葵》现在是伦敦国家美术馆的藏品，另一幅则为荷兰阿姆斯特丹的梵高博物馆所收藏。

　　梵高本人称第二张是伦敦国家美术馆那张的"重复"。但是，研究艺术史的人、博物馆学者充满好奇，一直在探讨这两张画究竟有什么不同——第二张是否是第一张的摹品？抑或是一张独立的画作？或者是两者兼而有之？

　　两家博物馆的专家经过深入研究，认定第二张《向日葵》并不是第一张的摹品，尽管两者所用的颜料、调色相近，但是色彩和所用颜料的厚薄是不一样的，画家的用笔也不同。之所以能得出以上的结论，全赖一种叫"移动数据扫描机"的技术，它可以不用接触画，通过扫描得到的数据来比对两幅画所用颜料的质地、层次，画家的笔触，以及用的是何种颜料。

　　阿姆斯特丹梵高博物馆的馆长说：通过对比这两张画，能更深入地了解梵高和高更的关系。问题来了，如果高更没有向梵高索要《向日葵》，梵高是否还会再画第二张呢?

众所周知，梵高一共画过 11 张向日葵题材的作品，其中 4 张是在巴黎画的，另外 7 张则作于阿尔。在阿尔的 7 张中，一张在"二战"盟军轰炸大阪时毁于战火；另一张为私人所收藏，且声明不对外出借。其余 5 张即是当今所称的梵高的"向日葵系列作品"，它们构图都是向日葵的花束放在瓷花瓶里，背景是淡蓝色或黄色。

除了前文所述的伦敦、阿姆斯特丹的两张，其余三张分别为慕尼黑、东京和费城的博物馆所收藏。这些画大都十分脆弱，有些部位含铬的黄色颜料已经开始变绿，经不起运输的折腾。2019 年，梵高博物馆举办名为"梵高和向日葵"的画展，共展出梵高画作二十几件，在馆藏的《向日葵》的旁边，有视频展示其余四家博物馆的向日葵的系列作品，参观者可以通过视频了解画的细部，感受一下梵高所称的"重复"是如何用笔、如何变化的。

真假伦勃朗

美国洛杉矶一座叫盖蒂 (J. Paul Getty Museum) 的博物馆举办过一场别开生面的画展。它展示了数十幅荷兰画家伦勃朗的原作，并同步展出了相同数量的赝品。展出的目的是让参观者了解专家、研究人员是怎样判定伪作的。这种展出，在博物馆业内很少见到。画展上展示的这批伦勃朗的伪作，几百年来一直被认为是伦勃朗的真迹。近30年间，博物馆界引入了大量研究基金，以及新的分类技术，研究人员得以判定，在1000多幅被认为是伦勃朗的作品中，至少有一半是他人画的。

之所以会发生这种情况，是因为伦勃朗当年注重教授学生，门徒众多，他的位于阿姆斯特丹的画室至少聚集有50人跟他学画。学生们模仿他的风格，画相同的东西。所以在17世纪，某些学生的名声甚至超过了伦勃朗，当然，现在的情况不是这样。在他一生的后半段，伦勃朗的自然主义风格常常和当时的达贵富人发生冲突，因为他们更偏爱谄媚的、脱离现实的画作。这次盖蒂画展，选择了他最优秀的学生［如费迪南德·波尔（Feidinand Bol）］当时的画作来进行对比。

研究人员碰到的另一难点是，尽管伦勃朗作品甚丰，但经他亲自签名的画却少而又少。研究人员以他签名的，以及和他签名的画有直接联系的画为基础，再来判定那些无签名但主题、特征类似的作品。另外，现代历史学家鉴定伦勃朗原作用的三大特征——有故事情节，有丰富的面部表情，有方向感很强的用光，也被用来判定他的未签名的作品。

盖蒂画展分好几个展厅，每个展厅都把真假伦勃朗成双作对进行展出——左边是原作，右边是伦勃朗学生的作品。展厅设有中央控制室，参观者可以通过触摸屏来调取信息，了解怎样来辨别真假伦勃朗。例如：有两幅《圣经》题材的作品，左边是伦勃朗画的《圣约翰在洗礼仪式上的布道》，听众 8 人表情各异，有的困倦、有的好奇、有的糊涂、有的怀疑，而另一幅学生的作品——《圣保罗布道》则大相径庭，听者形象粗糙，面部表情单一。这一对比足以显示伦勃朗是何等重视面部表情的。另有几对画描绘的是裸体模特儿或是街景，画的内容完全相同只是取景角度略微不一样，这就给专家以启示，其中一幅肯定不是伦勃朗画的。显而易见，伦勃朗在指导学生们上练习课时，自己也参与画画，只是站位的角度稍有不同。有两幅名为《江湖医生在街头》的画以前一直被认为都是伦勃朗的原作，画的是一个推销蛇油的人在街头向行人作秀。其中有一幅是从侧面取景的，那个庸医的表情栩栩如生，而他学生埃克豪特（Eeckhout）的那张画是从背面画的，在人群中的庸医当然没有表情可言。

使专家们感到困惑的是，有些画上有伦勃朗亲笔修改的痕迹，还有伦勃朗亲笔画的线条指导学生该怎么画——这算不算伦勃朗的原作呢？盖蒂博物馆的馆长享德里克斯（Hendrix Lee）女士坦言，对于展出中标明伦勃朗原作的画尽管得到了专家们大体上的认同，但是说到底，这也是一种假设而已。

巧用逆光

要想拍一张好的照片难不难？十有八九的人会说不难，现在大家玩数码摄影，一天拍几百张、甚至上千张照片都不是问题，"百里挑一"，还能找不到一张好照片吗？

问题并不是这样简单。听音乐的人，听腻了 CD 的华丽音质，又重新拾起黑胶唱片，追求自然、温暖的音乐，人称音乐"发烧友"。那么，有没有摄影"发烧友"呢？多的是。上海有为数不多的几家店专售胶卷摄影的材料，还接受冲晒放大，客流络绎不绝。据我所知，有些摄影"发烧友"从未染指数码摄影，至今坚持用胶卷相机拍照。

摄影术发明于 1839 年，英国和法国都声称是自己发明的，究竟是谁首先发明摄影术到现在还没有定论。摄影术发明时，法国巴黎的一位著名的画家德拉洛什曾经说过这样一句话："从今天开始，画画的使命终结了。"

德拉洛什说这话并非仅仅是杞人忧天，当时跟他学画画的几名学生，如拉格雷、芬顿、内格雷等都改行从事摄影了，而且，这些人被公认为第一代的摄影艺术家，他们的作品 2019 年在美国费城的摄影展览会上展出时备受追捧。

但是，这位法国画家担心的事终究没有发生——摄影术的发明，没有使画画凋亡，反而给艺术家增添了大显身手的机会。科学技术飞快发展，人们的鉴赏力也会慢慢地跟进。数码摄影的盛行，电脑修补术的日新月异更是令人目不暇接。

那么，为什么许多人还是钟爱胶卷摄影呢？一次，我和一位美国摄影师聊起这个话题，他专程来上海"采风"，用的是胶卷相机。他说，美国也有很多人坚持胶卷摄影，一是为了享受整个过程：取景、用光、选择光圈、曝光速度、胶卷照片的冲晒、后期制作等等，每一个步骤都需要扎实的知识和经验。当年我们用的 120 胶卷，有一种 $6×9$ 的底片尺寸，每卷胶卷只能照 8 张，这就迫使摄影者在按快门前再三斟酌，这样拍得的照片成功率较高。其次，成像的效果上胶卷相机更好，胶卷相机的像素相当于 3 000 万，几乎是最好的数码相机的两倍，这就意味着如要放到超级大，用胶卷相机效果更好。

这张名为《生气的小女孩》的照片，是我近年来拍黑白照片比较成功的一张。小女孩略带稚气的神态很逼真，拍照的时间是 8 月某日下午五时，阳光好，全逆光，依尔福 Delta 黑白胶卷，ASA100，苏联制造的"卓尔基"3C 相机，"朱庇特—11"型 13.5 cm 中焦距镜头，距离 2.5 米，快门二百分之一，光圈 F4。

　　人们或许认为苏联的相机质量差，这是一种偏见，其实，苏联是一个照相机生产的大国，它的相机机身做得粗糙，但是镜头的质量十分了得，尤其是它的"朱庇特"系列镜头，是当年德国"沙纳"镜头100％的翻版。二战结束后，德国的照相机工业悉数被苏联接管，"沙纳"镜头以其结像率细、反差柔和著称，特别适合拍人像照。

　　由于用了大光圈，又是13.5 cm的中焦镜头，照片中的背景（树木）被虚化，人像特出，层次感非常好，树木的光晕产生了特殊的效果，这种效果是数码摄影很难达到的。小孩的头发上有两条划痕，很显然是胶卷在显影时操作不当造成的，可以通过扫描的文档修掉。我的一位摄影"发烧友"强烈建议我保留这些划痕，以资证明这是一张胶卷摄影的照片。"发烧友"的那份执着，可见一斑。

上海的高度

　　浦东陆家嘴的上海中心大厦，高 632 米，是上海新的高度。在感叹上海巨大变化的同时，我们也在思考一个问题：对于城市建筑来说，是不是越高越好？

　　答案有点复杂。有研究说：21 世纪是一个"城市化"的世纪，到 2050 年，全世界 70％的人口将居住在城市。所以，经济学家、城市规划学家和建筑承包商会不约而同地说，未来的城市会越建越高。有一种所谓"超级线性比例"的理论是这样说的：城市的人口增加一倍，城市的创造力和经济的产出将增加两倍。显然，全球城市化的迅速发展证明了这一理论的正确性。

　　城市高度的上升，意味着城市人口密度的增加。统计显示，上海人口密度最高的地方已达到每平方公里 48 000 人。这些人口高密度的地区往往是高楼云集，有人戏称"摩天大楼"为城市中的"垂直的郊区"，这些高楼里的人群大都足不出户，办公室和餐厅两点一直线，每天看到的是相同的人。这就大大降低了和其他人群偶遇的机会。有研究称，上海作为一个特大城市，它的创新动力不及纽约、伦敦、巴黎和米兰，和一些人口密度低的高科技城市，如旧金山湾区的硅谷、西雅图、波士顿、奥斯汀等相比差距更大。

城市的经济发展，不在于其人口的密度，而在于人与人的融合。这种人与人之间的融合，见诸以步行为主的纽约、伦敦的繁华闹市，同样见诸出门就要开车的旧金山湾区硅谷的城市群。一个共同的特点是，这些地方的行政当局为社会精英和创新企业的聚集、信息交流提供了高层次的平台。

城市经济学中有一种称谓叫"雅可布斯密度"（以已故的美国城市学家简·雅可布斯命名），认为城市的密度应以街道上的人群得以互动，使普通人任何时间都能在特定的公共场合进行非正式的接触最为适宜。城市具有了"雅可布斯密度"，自然而然地会对当地的产品、服务的多样性形成需求。而需求的多样性，不仅是因为城市中人群来自不同的阶层、人种，也是因为不同的人群有不同的喜好和品味，这种多样性对经济增长的刺激是不言而喻的。

上海这座伟大的城市，有着开放、包容的悠久历史，以其追求生活品质的修养和品位闻名于世。愿我们的城市规划师，在构思上海的高度、密度的同时，千万不要忘了保持她的多样性。

政治家的智慧

  一位任新闻记者的香港朋友说,他非常敬佩朱镕基总理的智慧。2002 年 12 月 31 日,世界首条磁浮示范运营线在上海浦东建成。是日,朱总理陪同德国前任总理施罗德在龙阳路车站登上首航的磁浮列车"飞"向浦东机场。随后,有记者问朱总理乘车的感受。

  "我们全家三代人今天都来坐车了,"朱镕基笑称,"我还可以告诉你们,我们今天都没有买保险。"全场响起了经久不息的掌声。那位朋友说,他当了二十几年的记者,这是他亲耳听到的最有智慧的答问。

  人们永远记得周恩来总理为中国外交事业作出的杰出贡献。2010 年 6 月,美国首都华盛顿为亨利·基辛格的新书《论中国》的出版举行了一次研讨会,一位退休外交官查斯·弗里曼回忆起尼克松 1972 年访问中国时的一件事。尼克松请周恩来评论一下

"法国革命有何影响"，周恩来回答："现在判断为时尚早。"这一回答当时由西方记者广泛报道，认为中国领导人看问题具有"长远的眼光和足够的耐心"。

弗里曼当时在场，他回忆道：尼克松说的"法国革命"，实际上指的是1789年7月14日在巴士底监狱爆发的革命，最终导致法国路易十六的君主专制政体被推翻。而周恩来显然认为尼克松谈的是1968年发生在法国的"五月风暴"（这次运动最终导致戴高乐总统在1969年4月的全民投票中败北下台），中国外交部解密的档案也证实了这一点。弗里曼认为翻译没有精准地译出尼克松的原意，因为他注意到一个细节：周恩来在听到尼克松提及"法国革命""巴黎公社"等字眼时怔了一下，问题的微妙之处是法国激进的学生在1968年"五月风暴"中也提出了"巴黎公社"这类口号，周恩来在问题并不十分明朗之时，用外交辞令作了"太极拳"式的回答。

1972年，中国政坛极左派活跃、风云诡谲，周恩来总理避免对法国有"毛派"学生参加的暴动作出评述，显示出政治家的机敏和智慧。弗里曼对此事的解释得到了当时也在场的基辛格的认同。弗里曼说，当时他没有出面澄清这一问题，因为它太微妙了。

有时候，政治家会面临诸如假定、猜测之类的问题。几年前，苏联领导人戈尔巴乔夫在美国哈佛大学讲课，到了"问题和回答"的时段，有一个学生问道："假定1963年遭到暗杀的不是肯尼迪而是赫鲁晓夫，历史将会如何演变呢？"戈尔巴乔夫沉思片刻，答道："我想奥纳西斯（希腊船王，1968 年娶杰奎琳·肯尼迪为妻）是不会娶赫鲁晓娃为妻的。"政治家的智慧，真是能"化腐朽为神奇"的。

拾金不昧

拾金不昧是一种美德，这是为社会所公认的。早先，坊间有一种说法流传甚广：如果你掉的钱包内有钱的话，拾到者会把钱留下，再把钱包寄回失主；反之，如果没有钱，失主就什么也不会收回，钱包里的身份证件、重要物件就付之东流了。

且不讨论这种说法是对还是不对，它提示了两点：首先，金钱具有诱惑力；再则，当一己之贪欲得到满足后，尚未完全泯灭的良心会替失主着想一下。

最近有人做了一个研究，为时3年，旨在测试人们在受到金钱诱惑时，表现是否诚实。这个研究经过精心策划，研究者准备了17303个钱包，内有一个透明的框放3张名片，印有"失者"的电子邮箱地址，"失者"的姓名都是很"大路"、很常见的，如俄国人叫季米特里·伊凡诺夫，美国人用布莱特·米勒等。为了确保拾到者联系"失者"本人而不是其雇主，"失者"的职业一律标明是自由职业软件工程师。

钱包内还放入一把钥匙，一张去超市的购物清单写着牛奶、面包、香蕉等。一些钱包内不放钱，一些则放入 13.45 美元或相当于此金额的本地货币。研究人员在邮局、旅馆、银行等场所的接待处随机把钱包给别人，称："我在街的拐角处捡到这个，我有急事要赶路，请你照顾一下这个钱包……"

上述情景在世界各地（南极洲除外）的 355 个城市"上演"。统计结果显示： 40％拿到没有钱的钱包者通过电子邮件联系了"失主"，而拿到有钱的联系"失主"比例要高，达到 51％。

研究人员为这一结果惊喜，也有一点意外。他们选择 3 个国家（波兰、英国和美国）重复做上述测试，把含钱的钱包的金额增加到 94.15 美元。结果更为明显，更多的人通过电子邮件联络以归还钱包。具体如下： 94.15 美元的钱包归还率是 72％，13.45 美元归还率是 61％，而没有钱的钱包的归还率是 46％。

研究者考虑了可能影响上述结果的各种因素，如拿到钱包者的性别、年龄，拿到时态度是否友好，是否很匆忙，他们是否有电脑，发邮件是否容易等等，还注意到拿到钱包时是否有同伴在侧，周边是否有探头等。经过分析、剔除，结论是上述因素对归还率没有影响。

为什么发生这种情况呢？研究人员认为：人们厌恶把自己放在一个窃贼的位置，人们也情不自禁地考虑到失主的利益，有较多钱的钱包更能刺激人的贪欲，但是，贪欲、不诚信行为的心理代价也是成正比而增加的，这就可以解释当钱包的钱增加时，有更多的人会自律，主动和"失主"联络。

那么，为什么没有钱的钱包归还率反而低呢？有一种解释是如果拿到一个空钱包而不报告，人们不会觉得这是偷窃行为。非常有趣的是，对于文章开头时提到的坊间流传的说法，这项研究也作了探讨。

研究者安排收到邮件的"失主"回复给报告者，说是自己已经离开了该城市，报告者可把钱留下，或者捐给慈善机构。他们选择了两个欧洲国家做这项研究：一个是瑞士，普遍认为是贪腐行为最少的国家，另一个国家恰恰是另一个极端。结果是所有的钱包和钱都完璧归赵，有的少了一些零头，显然是交寄过程中意外失落的。

一位专门从事实验室研究"人的诚实"的专家认为：人们看重为人不贪，关注自我形象不受损害，他们认为拿了钱归还钱包甚至于比什么都不还更可耻。

什么叫"浪费"

"浪费"这个词，在生活中使用的频率是很高的。对于什么才构成浪费，不同的人会有不同的看法；在不同的时间段，对浪费的定义也不一样。

曾经获得诺贝尔经济奖的罗伯特·席勒教授认为拥有大的住房是一种浪费。他是这样论证的：现在在网上叫外卖、订购食物等是多么的方便，为什么要把厨房设计得这么大呢？在计算机、iPad 比比皆是的年代，存放纸质拷贝的文件柜也不需要很多；当人们越来越多地在屏幕上阅读时，书架也几乎成了多余之物；再说，单身的人是不是一定要有独用的浴室呢？

所以，这位耶鲁大学的教授认为，拥有大房子往往不一定是实际居住的需要，更多的是彰显拥有者是事业上的成功之士。

经济学家在分析社会现象时喜欢用数字来说明问题。有一个分析是这样的：以每一个国家的石油消耗总量除以这个国家的人口数字，就得出这个国家人平均石油消耗量，结果是发达国家的人均石油消耗量是发展中国家人均消耗量的 30 倍。如果发展中国家人民的生活水平提高到现在发达国家的水平，那就意味着他们的人均石油消耗量增加 30 倍，那么，全世界的石油消耗总量将是现在的 10 倍。

如果把这个全球消耗总量按照现在的实际人均消耗量摊派下去，足以支持 800 亿人口在地球上生活，但是，即使按照专家们最乐观的估计，我们的地球最多只能支撑 95 亿人口的生存。

上述分析说明：首先，世界现有石油资源不足以同时满足发展中国家大幅提高消耗量，而发达国家继续维持现有的消耗量；其次，发达国家的石油消耗存在着极大的浪费，尤其是美国，比如说，西欧的石油平均消耗量仅是美国的一半，而人民的平均生活满意度，其中的一些主要标准，如退休后的财务状况、健康、初生婴儿死亡率、预期寿命和一年中度假的天数等都高于美国。所以，发达国家追求持续发展，必须降低石油消耗，杜绝浪费又是重中之重。

看看现实生活中的浪费，更是信手拈来，俯仰可见。一位朋友家住一个很不错的小区，每天他在小区慢跑 30 分钟，锻炼身体。听朋友介绍买了一台跑步机放在客厅里，用了两个星期的新鲜后，跑步机就基本上成为客厅的摆设了，糟糕的是他连小区的慢跑也停止了——这台跑步机不仅是浪费了钱，还占了地方，培养了懒惰，有损健康，岂不糟乎？

喜欢喝咖啡的人每天一杯星巴克是理所当然的。每杯星巴克

30 元左右，如果你用 Nesspreso 咖啡机在家自制咖啡，每杯约 5 元，一年可省 $25 \times 365 = 9\,125$ 元，扣除一次性购买咖啡机的费用 2 000 余元，一年可省 7 000 余元，相当于一个职员一个月的工资。

一位邻居和我说起他向附近的一家饭店订购了饭菜，饭店送餐上门，这样他就不用经常去超市了——他说这样做既省时又省钱。我感到诧异，每天叫外卖怎么会比自己做饭更省钱呢？他告诉我，确实，叫外卖并不一定少花钱，但问题是经常去超市去食品店，你肯定会情不自禁地购入许多不必要的东西，从长远看，订外卖肯定是省钱的。

我觉得也是。记得有一次我去超市买电池和爽身粉，结果是购物篮里装满了许多其他东西，结账时竟花了 500 多元!

"与人为善" 新解

"与人为善"，从字面上解释是"跟别人一起做好事"的意思，时下大都是指"用善意对待人，帮助人"（见《汉语成语分类辞典》第 451 页）。但在实际生活中要做到"与人为善"并不容易。

在社交会友时经常会有的一种情况是：你发短信、打电话给朋友，对方却没有回复。这时你往往会朝不好的一方面去想，觉得对方在生你的气，或者认为对方无礼，甚至怀疑他（她）是不是发生意外了。

英语中有一句俏皮话："No news is good news"（没有消息就是好消息），用在这里十分确切。当你不确定对方对你是什么态度，有什么看法，或者是你不确定对方讲的话是什么意思时，就应当从好的地方去想，认为对方对你是友好的。这样，你的情绪就会平静，也不会觉得需要防卫，和对方去做一番讨论，等等。

当今社会，大家的工作压力都十分大，你的同事、亲友，甚至你的配偶也经常会发生疏于回复的情况，这时，应用"与人为善""没有不好就是好"的法则会使你心情舒畅，工作顺利。

一个有教养的、"与人为善"的人，在和人交谈时，往往不是抢着说话，而是乐于先做一个倾听者。当年我为一家跨国公司工作，主要是向一些微电子、光电子厂商销售一种高科技的化学品，厂商使用我们产品时对品质要求很高，有时近似挑剔，还经常有诸多抱怨，在和用户开会时，我需要有极大的耐心倾听他们的诉说。

渐渐地，我养成了善于倾听别人的习惯。但是，有时免不了会有一些冲动，想插入谈话并作一些解释。有一个朋友教我一个窍门：当你情不自禁地要打断对方时，尝试做"深呼吸"。这位朋友当过兵，他说，部队教官在训练瞄准时就要求学员"深呼吸"，可以帮助集中注意力。

试过几次后我发现此招果然有效，每逢对方言词激烈，做深呼吸不仅使我自己的注意力格外地集中，对听到的东西不那么地感到紧张，还对讲话者形成一种无法用言辞表达的暗示，顿时，双方都感到松弛了片刻。

"与人为善"不仅是一种交友待客的策略，还是一种家庭生活的乐趣——夫妻之间也可以比试一下，看看谁更"为善"。比如说，家里的垃圾没有倒掉、洗好的饭碗还在洗碗机里、洗衣机没有开等等，你或是你的配偶悄悄地赶在对方之前把这些都做完了。这里有一个规则：不能向对方声称你做了什么什么，否则就等于是表功——保持沉默也是一种乐趣，是给对方的一个礼物，一个不需要得到回报的礼物。

危险的 "讽刺"

20 世纪 60 年代上映过一部喜剧片《满意不满意》，讲的是苏州"得月楼"饭店一位服务员学生意的故事，他为客人送上一碗排骨面，客人讲："你送错了，我点的是大肉面。"服务员不以为然地答道："排骨也是肉嘛。"

客人听到这句话，真可谓啼笑皆非，他用浓厚的苏北腔喃喃道："我活了五十多年，今天才知道'排骨也是肉'！"当然，这仅仅是喜剧电影制造的笑料，但它也说明了一个问题——讲讽刺话是很危险的，会引起对方的不悦。

这个"排骨也是肉"的段子，在当年可谓是家喻户晓。那么，"讽刺"在正常的礼貌谈话中是否有一席之地呢？答案是肯定的，但是取决于谁是谈话的对方。"讽刺"可能冒犯人，但如果谈话双方是好朋友，或者说双方知己知彼，说话带点"讽刺"则是小闹怡情。

爱尔兰剧作家王尔德把"讽刺"定义为"低级的玩笑但是具有高级的才智"。通俗点讲，所谓"讽刺"，表面上是在称赞对方，其实是在嘲笑。比如说，某同事平日穿着比较随意，今天忽然西装革履，胡子刮得铁青，你对他说："你今晚去参加婚礼吗？"显然，听上去像是恭维，其实是善意的调侃。

王尔德所说的"具有高级的才智"很容易被推论为善于讲讽刺话的人更聪明，至今，并没有研究能证明这一点。能够肯定的是"讽刺"需要抽象思维，透过表面现象洞察内在的意义，而能够这样做的人往往被认为是比较聪明的。讲讽刺话没有性别的差异，通常，社会上对讲讽刺话的女性似乎更苛刻一点。

"讽刺"在日常生活中用途甚广。在很多情况下，讲讽刺话的人其实是要表达自己的恼怒和反感，但是他试图用幽默来减弱给对方造成的不快，使对方易以接受，这是"讽刺"的奇妙之处。如果对方和你是好朋友，你完全可以将你要表述的内容反其意而述之，通过取笑对方来获得亲密感，"我信任你才这样说"——是你要传达的信号。

多年前，我在美国听到过一件事：一对恋人在准备下个月的婚礼，女方忽出奇想，和男方嚷嚷着婚礼上要怎么怎么做，而且都是些十分昂贵的主意。那男的不动声色地说："我们请迈克尔·杰克逊来证婚吧！"女方咯咯一笑，因为他们互相信任，她知道对方并无恶意。

有些场合，"讽刺"确实带来危险，特别是当人们是在不同的环境中成长起来的时候。记得当年我去某城市拜访客户，晚上请客户吃饭，那天天气闷热，餐厅的空调开得很不够，我穿着"工作服"——西装、领带，百般无奈，忽然我的客户穿着 T 恤、短裤到来了，我顺口说："哈，我真高兴你这么穿！"这在上海无非是一句打趣话，不料我那位客户沉下了脸，说："要不，我去换套西装！？"

当听到对方的"讽刺"，应当怎样应答呢？最高明的应答是同样以"讽刺"还以对方。当年我在一家瑞士公司任职，和我的老板（瑞士人）讨论怎样扩大公司染料产品在中国的销售，会后，我指着自己前一天刚刚染过的头发对老板打趣说："你看，我染头发也是为了增加销售染料。"我老板回答："也是为了你的女朋友！"大家哈哈一笑，一切都在不言之中。

聪明的圈套

有语谓聪明过头，通常指的是算计太多，结果反而受累。《红楼梦》有句曰："机关算尽太聪明，反误了卿卿生命。"所以，当我们说某某人聪明过头时，通常带有贬义的色彩。

其实，聪明永远不会过头，科学技术的迅速发展，计算机芯片、人工智能等产品日新月异，足以证明人类具有无可比拟的聪明。通常说聪明过头，其实说的是聪明往往会成为一个圈套，如果聪明没有伴以智慧，或者说是缺乏智力判断，最聪明的人可能就是铸成最大错误的人。

可以举一个例子来区分聪明和智慧：一辆马力大的跑车驰骋飞快，足以使你在一天内玩转上海，但是大排气量的马达不足以保证你能安全地游玩上海，如果开车的人不懂交通法规，不谙安全开车，那么上路不多久，就肯定吃到罚单，甚至命丧黄泉。报章曾有过报道，说是美国很早就有专家认为"千禧一代"（24—39

岁）头脑聪明，但容易犯错，但是并没有引起人们的关注。直到2008年次贷危机爆发，那些所谓专家、所谓学者的经济主张几乎使得人人遭劫，美国才开始强调投资理财的判断必须是理性的，要以证据为基础，等等。

人们称学习成绩优秀的人为"学霸"，"学霸"者，聪明的人是也。但如果对名牌大学的"学霸"作一调查就可以发现，缺少基本生活常识的人大有人在。我中学的一位同班同学，被公认为数学奇才，1977年恢复高考后考进北京的一所著名大学，后来在研究所工作。但是，他连料理自己基本生活的能力也不具备，不到70岁就被家人送进了养老院，实在令人扼腕。

这就是聪明的圈套：学习成绩优秀的人，往往不太容易听取别人的忠告，也不太会从自己的失误中吸取教训；有多个学位的人面对问题往往会固守自己的偏见，其后果不仅仅是个人受累，也会造成灾难性后果——据称，在美国的医院里，大约有十分之一病人的死亡和医生的误诊有关。

更有甚者，那些中招聪明圈套的人，往往善于用各种理由来使自己的中招合理化，甚至倚重迷信八卦来为自己辩解。一位朋友在美国拿到博士学位，攒了些钱回上海买房子、买股票，结果乏善可陈，却迷恋上算命、八字等，最近他说正在思考写一本书，用命运的理论来阐述投资理财。其实，他忽视了自己判断力上的问题，充其量是用一种偏见来替换另一种偏见而已。

摆脱聪明的圈套，不需要灵丹妙药。有句话叫"卑贱者最聪明"，我们摒弃其中意识形态的因素，把这句话作为生活常识来应对聪明的圈套是再好不过了。谦卑一点看待自己、放下身段待人、广开言路、容忍反对的意见等等，这些看似常识，却是自以为聪明的人最难做到的。我注意到有一档电视节目中的夫妻间发生激烈争吵，节目主持人没有做直接的调解，而是要双方放下架子，平心静气地思考一下发生冲突的原因，看看自己有没有错误的地方，结果是不仅冲突迎刃而解了，夫妻还增加了互信和亲密感。

聪明很大程度上是天生的，而智慧是可以被学会的。问题是当今的社会依然鼓励逞能、强势，而比较慢条斯理、周全的解决问题的方法往往不受重视。记得上小学时，老师提出问题要学生举手回答，嗣后，老师往往不忘表扬第一位举手的学生。据我所知，这种把速度、反应快奉若神明的教育方式至今丝毫未变。难怪，在过去的 80 年中，发达国家的人的平均智商提高了 30 点，但依然有许多人被众多假新闻、伪科学所吸引。

思维的两面

　　有心理学家提出：人的一些消极思维，如气愤、妒忌和孤独等在使人感到不愉快的同时，也会对人有好处。如果给予足够的关注，这些消极的东西会帮助人们发现自身的问题，从而寻求改进。

　　专家们把这个观点看作"积极心理学第二波"，以区别于始于 20 世纪 90 年代兴起的"积极心理学"。所谓"积极心理学"强调要有积极、乐观的情绪，使人能够健康地成长发展，而不是只求摆脱压抑的情绪。至今，关于"积极心理学"已有数以千计的研究报告、出版物问世。

　　有人比喻消极思维为"婴儿在哭闹"，你听到会觉得心烦，但是它会促使你去做一些事制止"哭闹"。当然不是所有的消极思维都有好的一面，有些情绪，如自我唾弃、感到绝望等，心理学专家称之为"空的情绪"，通常被认为是抑郁症的先兆，它们不可能有积极的意义。

那些所谓有益的消极思维，指的是"负疚感""生气""悲伤""焦虑""妒忌"和"孤独"等等，它们大都和日常生活直接有关，就像是婴儿哭闹一样，给我们以警示，要求我们做一些事来掌控它们。

首先，也是关键的一点，是要确定是什么情绪在困惑你——是"生气"，是"悲伤"，还是别的什么？如果你不能确定，那就做十次深呼吸。当你觉得心跳加快，那多半是"焦虑"；而当你觉得有胸闷的感觉，大多是"悲伤"引起的；如你牙床感到紧张，则八成是"生气"引起的。上面这个所谓"深呼吸法"，是美国加州圣地亚哥的一位社区的心理治疗师首创的，不妨试试。

如果确定了你有消极的情绪，那就意味着你需要作出一些改变，但你并不能确定作出改变后，你的情绪必然好转。这时，你需要作一些判断。比如说，你参加了一个老同学的聚会，席间，你对某位没有参加聚会的同学说了些闲话，回家以后你滋生了一种负疚感。这时候，你可以作一个正反两方面的估量。说同学闲话使你在聚会的交谈中有了一种满足感，但从另一方面来看，你担心那位被你"放野火"的同学可能会知道你在背后对他说三道四。于是，你发现背后讲人闲话可能是得不偿失的，负疚感会改变你今后的为人处世。

人经常会扪心自问："我该做什么"？当你有消极的想法时，更应该扪心自问。比如你得悉和你一起进公司的要好同事职位提升了，加了工资，新的职务使她经常有机会出国。你听了很不是滋味。忽然觉得她不像以前那么可爱了。显然，这是妒忌。这时，你的"内心批评家"会告诉你：你应该加倍努力，以求得到上司的重用，或者，你应该通过各种途径尝试换工作了。

表面上看，对消极思维的纠正，有点像几十年前曾经流行的所谓"斗私批修"。作者在中学时，正逢文革乱局，三天两头都要参加班级的"斗私批修"会，每个人先把自己臭骂一通，再按照"最高指示"来表述如何纠正。这不过是极左思潮高压下的闹剧罢了，和这里讲的"积极心理学第二波"风马牛不相及也。

应对"无意识偏见"

当今社会强调性别平等，不过在生育、用工等方面对女性的偏见还是存在的。有的时候，这种偏见并不一定是故意而为之，往往是无意识的。

一位朋友是某公司的 CEO，他和公司的女职员合作得非常之好，与妻子也是恩爱有加，从小就培养女儿有独立性。这位朋友对我说起：一天，他浏览了自己的通讯录，发现 80％的联络人都是男性；他又去检索了一下微信朋友圈，结果 80％的微信朋友也是男性。他几乎不愿意相信会有这样的搜索结果。

心理学专家认为，我们每一个人都会存在这样或那样的偏见，会有意识或无意识地用老的框框来看待别人，这势必影响到我们日常生活中的待人接物。

试举数例：听说飞机驾驶员是女性，有人或闪过一丝失望；当出租车司机说话的外地乡音很重时，你或许会想他是否熟悉开车路线，是否会多收你的车费；当你晚上回家走进电梯，后面又走进两位农民工时，你或许会有一阵紧张。

这种无意识的偏见，可能是从人们出生时就逐步形成的——父母亲教我们如何处事，我们从电视节目看到的，街上看到的，从学校、从朋友处学到的……所有这些最终汇集到大脑，我们或许不愿意相信，但这些偏见确实存在，成为我们对外界认识的一部分。

"无意识的偏见"会影响我们的行为，当时间紧迫或者是精神高度紧张时，更是如此。有些偏见表现的形式可以很微妙，比如说，坐位置时和对方保持多少距离，和对方是否有眼神接触，是否讲话或是否报以微笑等。有些则会表现得比较直接，如和谁交朋友，双方意见相左时支持谁，如你是公司 CEO 时会提拔谁、又不提拔谁等等。

那么，有没有办法来克服这种"无意识偏见"呢？心理学家建议每个人都可以做一个自我测试，国外的一些网站上有多种版本，人们可以根据需要选择诸如种族、性别、性取向、年龄等下载软件来自我测试，这种测试要进行多次，因为"无意识偏见"在人的不同的状态下会波动的。

美国纽约大学有一位专门研究"无意识偏见"的专家建议：人要把自己的思维倾向看成是不断生长的过程，换言之，人的思维倾向在生活的不同阶段会有不同，而不是一成不变的。如果不承认这一点，就会走入盲区。不断生长的思维倾向会使人能从容应对外部世界的变化。

本文开始时提到的那位朋友在知道自己存在"无意识偏见"后，就下决心要改变。他先从自己的社交圈子着手，在男女性别之间进行平衡；他是公司的 CEO，信奉"员工组成多样化的公司业绩会更好"的信条，他有意识地多聘用女员工，还录用了两位少数民族的大学毕业生。

　　当他了解到研讨会的参加者绝大多数是男性时，他会选择缺席；在鸡尾酒会上，他会注意找机会和女性与会者叙谈——这些都使他有了更强的性别平衡的意识。目前，他的微信朋友圈男性的比例为 65％，这是一个经过努力取得的成绩。

　　对于应对"无意识偏见"的修炼，是否有不同的意见呢？有。有人认为：尚没有证据证明有"无意识偏见"的人一定会付诸行动，所以，不值得小题大做。但可以肯定的是，应对"无意识偏见"是目前心理学界高度关注的研究课题，也是众多培训机构的热门课程。

谈"巧合"

  "巧合"在生活中经常发生，也成为人们饭后茶余的谈话资料。我有一次去英国和集团公司的 CEO 开会，会后飞往瑞士巴塞尔探望一位老同事，他也是我前任公司的老板，我们去巴塞尔老城的一家名谓 Gifthuettli（译名"小酒馆"）的啤酒店小坐，忽然有人叫我名字，竟是前天在英国一起开会的 CEO，他也是开完会后去瑞士休假，在瑞士一家啤酒店同时遇到前后两位老板，可谓奇事一桩；另一种情况，假如你是错过一个航班而恰逢这架飞机坠毁，这就是巧合加上运气了。

  对巧合为什么会发生，人们持不同的看法。有人说这是上天的旨意；有人说这是人们的潜意识，即所谓的"心有灵犀"；最近有人用"概率"来解释巧合，他们认为"某件事发生的几率很小，但有足够的机会、条件会发生时，它就会发生"。前文提到的瑞士啤酒店的不期而遇，可能就符合这一点——因为我的前后两位老板都是瑞士人，而那家啤酒店在巴塞尔很有名气，人们经常光顾。

表面上看，巧合似乎是千载难逢的，事实上它发生的频率比我们想象得要高得多，在社交媒体发达的今天，它们发生的概率更高——你会经常发现某人和你是同一天生日，某人和你小学三年级的算术是同一位老师教的。巧合的经常发生，比如说你早上见到某物，而在同一天内又见到它两次等，甚至会使人忧虑乃至疑神疑鬼。有的巧合是人们蓄意而为之的，记得当年上中学，每逢学校开大会时麦克风就坏了，原来，管理学校无线电的校工因为受过批评而心怀不满，每逢开会就故意把扩音机弄坏了。

2016 年，有人在网上问询了 1 551 人所经历过的巧合，结果发现最常见的巧合是当你正准备打电话给对方时，却收到了对方的来电。那些凭直觉认识问题的人、过分敏感的人或是性格外向，愿意和陌生人交谈的人更容易遇到巧合。

我在念小学时听人说起，一位小朋友因病在医院动手术时，他远在北京的母亲突然觉得心绞痛，而她平时并没有心脏病。现在人们倾向于用巧合而不是概率来解释这种现象，称之为"感知他人"，双胞胎之间最经常发生这种在远处感受对方创痛的事。另一种巧合则与机缘结合在一起，比如说，当你正需要某样东西时，它在你面前出现了；你找某物时，却意外地发现了另外一件东西；你在一个原本不愿意去参加的聚会上遇到一个人，这个人后来给了你一个很好的工作。

通常，人们较多地把机会和风险、不测联系在一起，而巧合则被认为具有积极的意义。例如，你的婚戒不慎遗失了，几年以后你家翻修庭院，而你在整修月季花花圃时找到了它！

小议“吹牛”

　　“吹牛”是生活中常见的现象。喜欢“吹牛”的人，除了其个性上的问题，就是因为他对某事所知甚少，或者根本是无知，但是他又觉得必须就此事发表意见，于是就乱说一气；还有一种情况就是他知道即使“吹牛”，他也不会受到责难。

　　有些“吹牛”近似于恭维，没有后果。有次同学聚会，大家见到一位近四十年未曾谋面的中学同学，有人称：“哟，你一点没变，还是和四十年前一样地年轻！”这种夸大词意是在和对方拉近距离。但在很多情况下，“吹牛”是有害的，比如说散布对某人的不实之词，对于当今事件（比如某处发生灾害）不顾事实地进行夸大等；还有一种就是粉饰现状，盲目地讲好话——比如说你朋友考虑买房，你夸口说某某小区如何如何好，而实际上并非如此，这就会导致你朋友作出错误的决定。

　　或许有人问：“吹牛”是不是说谎呢？完全不是。两者的区别就在于说谎的人是知道事实的真相的，"吹牛"者却不是。有时，"吹牛"者在谈话中会不经意地讲出真相，而他自己可能根本没有觉察到。

人们常常把喜欢"吹牛"的人贴上标签，诸如"浮夸""信口开河""不诚恳"等等。有时候，贴这种标签不免委屈了他们，不少情况下，"吹牛"者是不得已而为之，因为他们觉得自己必须要讲点什么。一次，有一位骑自行车的女士问我："霞飞别墅在哪儿？"我并不知道这个别墅，但觉得自己住在这个区域几十年，不应该不知道，就告诉她前面路口右转可能就是。

后来知道，当时我们站位的地方就是这位女士要找的"霞飞别墅"，不过以前我们称呼它为"××××弄"，2000 年代台湾地产商重新规划了这条弄堂，网上就称它为"霞飞别墅"，它的弄堂口从不挂"霞飞别墅"的牌子，那位女士肯定是慕名而来打卡的。我不愿意让问路的人失望，也想表示出我自己熟悉周围的情况。由此可见，在很多情况下，"吹牛"的动机，不全是负面的，它有提升自己、表示自己知道的东西多，也有不愿意让对方失望、希望和对方建立关系等等可能。

那么，怎样来识别"吹牛"呢？必须承认，识别吹牛有一定的难度，首先是因为和我们关系密切、经常交谈的人大都是比较"谈得拢"的，我们先入为主地相信他们说的是真实的。一旦觉察到对方出言"离谱"，你肯定会提问了。

提问时有一个技巧，就是先要对方对他所声称的再次进行确认。比如说，你们在讨论哪家店买品牌旅游鞋便宜，对方称："徐家汇的商厦只卖 600 元。"你认为这不可能，就可以问："你说600 元就可以买到吗？"当对方要澄清这一价格时，他肯定会退缩，再思索一下——很多情况下，他很可能会告诉你"搞错了，600 元的不是这个牌子的！"

当然，你可以直接针对对方的声称问"为什么？""怎么会？"等问题，这样，"吹牛"者就必须为其所声称的提供证据了，而很多情况下，他们并没有足够的证据，聪敏的"吹牛"者就会说他也是听别人说的，把传闻作为证据，以讹传讹，"吹牛"也就不攻自破了。

注意，我们不要过多指责"吹牛"者，因为他们大多数是你比较熟悉的朋友，疫情期间大家沟通少了，一旦有人"吹牛"，请对方三思再加上推理就行了。

怎样阅读?

　　报上经常有这样的讨论:在互联网时代,人们阅读文章往往是在智能手机上一掠而过,认认真真读书读报的人越来越少了,导致人们的阅读能力日趋下降。

　　那么,把阅读能力的下降归咎于智能手机是否有道理呢?其实不然。早在2003年智能手机尚未普及时,有人就做过一项测试:被测试者是高中毕业未升上大学者,他们被要求读一段类似于"守株待兔"的故事,然后说出这故事隐喻着什么?大约13%的人无法答对。对于较复杂的问题,比如对比两家报纸对于同一科学现象作出的不同解释,95%的人都无法做对。

　　最近有人做过类似的测试,结果证明过去15年以来高中生的阅读能力并无明显提高。但是,所谓阅读差的人对于纸面上的文字是能够正确发音念出的,从这一层面上来看,他们的阅读并不差,但他们对于自己念出的东西全然不理解,是阅读理解的"文盲"。很显然，要做到理解得力，除了需要足够的词汇、词义，更重要的、而且往往容易被人忽视的，是要对所读的东西有充分的知识和了解。

这就是说，作者在文字中表达的意思，是需要读者用自己的知识去补充的。请看一个例子："他（足球运动员）的腿伤好了，但是主教练还是没有让他上场参加联赛。"这里，作者省略了至少3层意思：腿伤好了需要稳定一段时间；上场比赛前需要和队友合练；联赛是一个漫长的过程，伤愈复出很容易再度受伤。如果你不了解足球比赛，你可以读懂句子，但可能不理解主教练为什么不让他上场。

背景知识也十分重要。例如："刘备率关羽、张飞攻入西川（四川）建立了蜀汉王朝。"这句比较一目了然，不需要补充附加的知识，但是，这个句子其实是个"伪命题"，对《三国演义》的故事有了解的人都知道，关羽当时驻守在荆州，并没有随刘备入川。

你可能会说，作者为什么不写出足球比赛的具体情况，便于读者更好地理解这句话呢？很显然，如果具体细节写得过多，文章就会长而累赘，有足球知识的读者肯定会抱怨——所以，作者在写作时其实是下了个"赌注"：假定读者应该具有额外的知识。

有人做过测试学生知识面的试验，问高中生有关自然科学、历史、地理、艺术、文学、体育等范围广泛的问题，结果，胜出的学生也就是那些在阅读理解测试中胜出的学生。显然，知识面广和阅读理解好是密切相关的。

这个结论或可以给中、小学教师很大的启示——培养学生的阅读能力，不能单单靠教会学生识字，而是从小学低年级开始，就要给学生以信息量、知识面丰富的教材；期末考试阅读，应当密切结合学生已掌握的知识，如果考题是随机的，那么，评分的加权就应放在学生掌握的课外知识方面。不要去责怪网络、智能手机，要责怪我们自己对于扩大知识面没有给予足够的重视。

新年的惊喜

春节长假到了，不少年轻人会带上自己的恋爱对象去见父母。对于父母亲来说，这是全家惊喜的时刻。不过，当你不喜欢孩子的恋爱对象时，惊喜之余烦恼也就接踵而来——那个人有什么好？孩子为什么会喜欢他（她）呢？

最近几年，关于年轻人如何选择对象，以及父母亲可以起什么作用这一问题有过许多研究，结果显示：父母亲对孩子择偶的影响力比他们自己认为的要强得多。这意味着，父母亲对孩子的恋爱对象表示不赞同要十分谨慎小心，公开的批评或者是干脆回绝的效果往往适得其反，使小两口更为接近。

我的一位姓费的朋友显然熟谙谨慎之道，去年春节，他的儿子带一位大学时的"初恋"回家，费先生不怎么喜欢她，因为她的虚荣心强，对儿子百般挑剔。但费先生并不贸然说出自己的看法，他保持沉默，直至某日儿子和这位女友分手时才把自己的看法告诉他。近日，费先生电话告诉我他儿子找到一位非常温存、贤惠的女友，今年春节假期要好好招待她了。

一位在美国的朋友王先生曾说起不喜欢女儿的男友，因为他油头滑脑、贪玩、不求上进，女儿显然没有足够的自信心来改变这种状态。王先生知道如果贸然反对，只会把女儿推向他的怀抱，他心生一计，采取欲擒故纵的办法，亲自出马邀请女儿的男友打高尔夫、打篮球和吃午饭等，女儿很快就对男友失去了兴趣，觉得他怎么如此热衷于和自己的父亲玩呢？

影响年轻人的择偶因素多种多样：双方友谊的基础，同事、朋友的看法，文化程度差异，对方外表的吸引力，等等。此外，父母亲和自己孩子的感情是好还是坏，会对孩子成年以后的择偶、恋爱产生很大的影响。2014 年的一项针对 2 970 位年轻人的研究显示：家庭温馨，和父母互敬互爱的孩子在成年后的 15 年时间内会有高质量的浪漫生活，以及婚后和睦的家庭。这说明，孩子会向父母学习，自己将来也要有一个亲密的家庭；而当孩子有困惑时，他们也随即向父母寻求帮助和温暖。

有时候，对孩子的择偶对象，父母亲之间也会因意见不一而互相争论，这时更需要注意不要给孩子带来负面影响。早就有研究证明，经常吵架的父母亲会影响孩子们的夫妻生活。但从另一方面来看，父母亲因孩子择偶而争论也不一定是坏事，孩子们可以从争论中学到如何应对、如何改进以及如何化解父母的不同观点。学会这些，也正是他们人生中必需的一课。

新年的决心

　　每逢新年到来，人们往往会做一些个人的规划，下个决心在新年里要做某件事。记得读小学时，班主任吴老师总是会在 12 月下旬要我们写周记，谈谈新年有什么打算和决心。

　　记得我有一次写了"要在新年里学习成绩消灭 3 分"，还有一次"上课发言要先举手"，受到了吴老师的表扬。1967 年 12 月，我们中学的全班同学表新年的决心："誓把无产阶级文化大革命进行到底！"——一个特殊年代的特殊决心吧。

　　长大成人甚至于退休以后，新年的决心可能更多的是和自身的进步有关，比如说：新年开始要戒烟、戒酒；要减肥、每周三次去健身房；也有财务上的，比如说要量入为出，减少债务等。

　　现实生活中，这种新年的决心虎头蛇尾的居多，几个星期还行，几个月后多半烟消云散、故态复萌了。这里有多种原因，一种是因为目标定得过高，比如说"新年要减轻体重 50 斤"，这并不切合实际，还不如定为每周去三次健身房更好。

再则决心过于含糊也不好。某嗜酒者下决心新年要"减少喝酒"，这就很含糊，每天喝几杯酒也可以认为自己已经做到"减少"了。所以，要下决心，就必须目标明确地说："停止喝酒"。由此可见，新年的决心，如果较具体、明确而事先又准备充分的话，最终实现的可能就比较大。

如果你把自己的决心向同学、同事或是家人公开宣布，那么，如果做不到的话可能使你很尴尬。反过来说，你怕陷入尴尬，也会使你努力按照定下的决心继续去做，所以，把新年的决心公之于众是一把双刃剑。

我们通常认为：一心不能二用。但是，如果你下了两个决心，而它们是互相关联的，例如"节食"和"锻炼身体"，"存钱买车"和"不寅吃卯粮"，等等，两个目标有自然的联系，可以相辅相成。

有一点很重要，下决心以后有一点"偶犯"，千万不要自暴自弃。如果你坚持戒烟了6个星期，一次聚会上被好友敬上一支软壳的中华烟，就觉得自己完了，一切都付之东流了——不要这样，如何应对偶然的小错，将很大程度上决定你能否重整旗鼓，继续努力。

其实，几千年以前我们的祖先就在做新年的决心了，当时，古罗马的市民向"亚努斯"神发誓睦邻、友善、诚实、顺从。"亚努斯"的英文是Janus，月份牌上的January——一月就是由此而来的！

过年遇到伤心事

　　每逢过年，是人们阖家团聚、欢乐祥和的时刻。但是，天有不测风云，过年也会碰到伤心事，特别是亲人的离去，抑或是突发的天灾人祸，那又该怎么办呢?

　　我记忆中有一件事印象深刻。"文革"期间我在工厂当工人，那年过春节，同班组老刘的妻子突发疾病去世了，留下了丈夫和他们9岁的女儿。老刘是"文革"前的大学毕业生，因为家庭成分问题从科室下放到我们班组劳动，他干活很认真，和同事们关系也很融洽，他的不幸也感染了生产班组的同事。

　　一天，老刘带来了一包东西，打开一看，是各种做糕团的工具，如做定胜糕的架子，做枣饼时上面刻花的模子，还有一套大红大彩的木盘，专门放做好后准备下锅的糯米圆子……原来，老刘的妻子生前每逢过年都要做许多糕团，除了自家吃，还要送给亲戚、邻居，除夕夜往往要忙个通宵，乐此不疲。

今年的年该怎么过呢？老刘一片茫然，他决定把这些工具都送给同事们，免得见到它们就悲从中来。我们的班组长说话声音响，脾气火暴，绰号"大炮"，大家都有点怕他。他要大家把工具收拾起来，放回包里。趁老刘不在的时候，"大炮"和几个人轻声说了几句。

除夕那天，"大炮"带着包，率领三个人去老刘家，大家分工，擀面的擀面，调馅料的调馅料，我当时是组内年纪最小的学徒工，负责把蒸笼洗干净，再把从药房买来的消毒纱布剪下，铺在蒸笼里……一切都弄定档了，老刘送我们出门，他眼里噙着泪，"大炮"从蓝色工作服的口袋里拿出一块巧克力给老刘的女儿，粗喉咙蹦出了一句："我们走了，你多休息吧！"

有诗曰："每逢佳节倍思亲"。很显然，如果是亲人逝去，那就会在过年的时候给活着的人带来加倍的伤心。美国匹兹堡有一个机构提出在每年的11月设定一个"儿童悲伤意识日"，让社会各界认知：即将来临的节假日对于有至亲逝去的儿童来说，反而是一个加倍伤心的时刻。

有人对小时候失去父亲或母亲的成年人作过分析，平复儿童期的伤亲之痛、重启人生之旅平均需要6年的时间，一般而言，大多数人在丧亲3个月以后情绪会好转，但每逢过年过节，痛苦又会加剧。

对于家庭而言，并不希望逝去的亲人被遗忘，但又不能让悲伤永远笼罩在自己的生活中。我有一位同事几年前痛失爱女，每逢过年她都要给女儿写一封信，放进信封，再用黄丝带扎好，逢除夕下午送到女儿的坟上。去年，她用春节假期外出旅游，没能去女儿的坟地，同事、朋友都给她以鼓励：不去也没有大碍。

有伤亲之痛的家庭如何过年，完全是家庭的自身决定，没有固定的模式。前文所述帮老刘家做糕团过年，固然是一种人性的关怀；如果有的家庭决定把屋子全部搬空，换一种新的过年方式，又有何不可呢？

过年不打"口水仗"

年节已近，家家户户都有亲朋聚会，在享用美酒佳肴之余，亲戚、朋友之间有时也会不经意地打起"口水仗"，轻者影响聚会气氛，重者造成亲友龃龉、破坏节日和谐。

要避免"口水仗"，是否可以设定一个禁止涉及的话题清单呢？根本不可能！每个家庭情况互异，席间话题也不尽相同，再说你根本无法控制别人说什么、不说什么。我们可以做到的仅仅是如何来感受别人的谈话和行为。

比如说，在饭局上遭遇别人的冷嘲热讽、评头品足，你肯定极为沮丧，因为你从小就养成了习惯——当和别人争吵、和别人意见不合时，就会很自然地产生这种沮丧，或者说你的大脑已经默认了这种情绪。不过，你可以尝试改变这种情况，当别人的谈话对你有所不恭时，你可以想象他（她）自己可能也有过被人评头品足的时候，他（她）可能和你一样感到沮丧，这样，原来要爆发的"口水仗"可能就偃旗息鼓了。

在饭桌上你需要有一些"同盟军",比如说你 11 岁的外甥女就可以是这样的角色,当饭桌上谈话气氛紧张,你处于尴尬的境地时,你只消对外甥女做个手势,她会出来帮忙,对于 11 岁的女孩,谁还会恶语相向呢?

有时,你希望在阖家聚会时能和家人,特别是小辈做一些深入的沟通,但是事与愿违,饭桌上的话题可能都很浅薄、无趣,正如格言道:参加聚会也会感到孤独,甚至比单独时更甚。你不妨事先做一些功课,有意识地培养一些话题,比如说:你今年做的最勇敢的一件事,儿童时代的哪件事对你影响最大,你最喜欢的篮球运动员,等等。最有效的提出问题的方式是先佯装对某事表示惊讶,再引出问题本身。

并不是每一个人都会回答问题,不用担心,我的体会是只要有人参与讨论,原先不准备发言的人也会在第二时间参与进来,听别人怎么讲会启发自己的思路。

有一种"准口水仗",那就是你最钟爱的小辈、你曾经看着他(她)长大的人忽然就某个时政热点滔滔不绝地发表看法,而你觉得他(她)讲的都不正确,那该怎么办?"不赞同,不争论"是最佳选择——因为争论无济于事,改变不了他(她)的想法,反而燃起"口水仗"。抑制自己的愤怒、不快的最好办法是聚焦在他(他)孩提时候的有趣的事,再想到他(她)今后依然是你生活中的一部分,把你的情绪留到聚会后再行处理吧。

经常旅游的人,往往在饭局上大谈其旅游的经历,这很正常。问题是这些人旁若无人、喋喋不休，还不厌其烦地展示旅游时拍的照片。这种过分炫耀尚不至于燃起"口水仗"，但事实上会对同桌的其他人形成一种冒犯——殊不知，并非每一个人都喜欢旅游，更有许多长者，因身体条件、经济原因等不参加旅游。我有一次亲身经历，某人大谈特谈自己在阿根廷、智利的自助游，别人对他的谈话稍有不同的意见，他便声色俱厉，眼看一场"口水仗"迫在眉睫，我见机插进话题，要大家评论阿根廷足球队在莫斯科"世界杯"的表现，饭桌上不乏足球迷，气氛顿时活跃起来了，那位"旅游迷"就安静了下来，喝着碗里已经快凉了的汤。

送礼有学问

逢年过节，经常会给亲朋好友送礼，你一定有过为"送什么好"而费尽心思的时刻。中国有一句话叫"礼轻情意重"，似乎是印证了费尽心思的合理性，送礼者为决定送什么投入了大量的时间和精力，礼物的背后包含的是送礼者的深情厚谊等等。

但是，最近有研究显示，送礼者的心意事实上并不会使受礼者更为看重或者更为欣赏他所收到的礼物，而"情意"只不过是送礼者的一种自我安慰，认为自己和对方拉近了距离而已。专家认为，受礼者最希望收到的是他明确表示想要的礼物，所以，可以有一个定论：在送礼这个问题上，重要的不是情意，而是礼物本身；只有当受礼者不喜欢礼物时，送礼者的情意才是值得一提的。

通常认为，送礼给身份高、辈分高的人份量要重一些。但是，送礼者经常碰到的情况是，他们花很多钱买的礼物受礼方却不喜欢。这种情况表明，送礼者和受礼者的想法往往很难取得一致。现实生活中，特别是在逢年过节之际，我们往往既是送礼者，同时又会收到别人的礼物，所以，当你在店里选购礼品时，你可以试想如果自己是受礼者，会希望得到什么样的礼物呢？这种换位思考，或许会有助于你选购到更为合适的礼物。

收到礼物再转送他人，以前被看作社交上的犯忌，是对原先送礼者的不尊重。最近的调查显示，这种顾虑是多余的，礼物的转送已日益被公众所接受。美国运通公司去年调查了2 000个人，结果58％的人认同礼物的转送，而在圣诞、新年时候转送礼物，则有高达79％的人表示支持，同时有四分之一的人说自己在上一个圣诞、新年曾转送过至少一件礼物。美国某网站甚至倡议把每年12月的第三个星期四定为"全国礼物转送节"，因为那个时段诸多公司、机构都会举行年会之类的活动，亦正是礼物泛滥之际。

当然，礼物的转送会导致一些尴尬的情况。某年春节，我送给姑妈一个水果篮，最上面是两只硕大的芒果，其中一只是一半黄、一半带青绿色的，不料过了两天，我伯父的女儿来看我，送我的水果篮似曾相识，再一看明白了——上面也是两只大芒果，只不过是青绿色少了一点而已！我有点忍俊不禁，不过我并不觉得被冒犯了，因为姑妈收到水果篮，她可以决定如何处置这件礼物。

讲故事使人生快乐

在莎士比亚时代，英语中的"conversation"有两个解释：第一是言语交流，第二是性。或许正因为此，使用英语写作的诗人、剧作家大都把人和人之间的交谈视为是非常亲密的举动。

自从有了语言，人们就开始分享彼此之间的故事，讲故事有娱乐、劝说的功能，使人和人之间的联系更为紧密，有时讲故事则是为了厘清某一件事情。研究证明，人在构思故事时，对自身的体格、精神状态会有裨益；当讲故事的人积极地表述故事内容时，他也在享受着人生。

美国的《人际关系》杂志今年7月报道了一项新的研究结果：善于讲故事的男人对女人更有吸引力。这个研究分三个步骤：首先是71位男士和84位女士分别拿到一张异性的照片，被测试者仅仅是看照片，并被告知照片中的人故事"讲得好""讲得一般"和"讲得很糟糕";第二步测试对象是32位男士和50位女士,每个人听一段照片中的人讲的故事,约有一半的故事非常动人且十分简洁,另一半则语言乏味、结构凌乱;最后,60位男士和81位女士被告知照片中人是否善于讲故事,并要求他(她)们说出照片中的异性是否对自己有吸引力,同时评估对方的社会地位、对方能否成为领袖式的人物等等。

三个步骤的测试结果非常相似:女人认为善于讲故事的男人更有吸引力,更适合于成为长期的伴侣。心理学家认为,这是因为善于讲故事者懂得如何沟通,懂得理解对方的情绪,或许,也意味着讲故事者自身较为脆弱,较易受到伤害,从而需要得到异性的爱抚。善于讲故事者可能更为风趣,更善于言辞,正因为此,他能够获得更多的资源,也能够向对方提供支持。

善于讲故事和善于提供支持是有一定的联系的,专家认为讲故事的过程就是在显示你能够提供什么。上面的三个测试结果还证明男人并不在意女人是否善于讲故事。

讲故事使人和人产生亲密感,对于讲的人,他会从听的人那里得到认同感;而听的人也可以从故事中更了解对方。回忆一下你和伴侣的初恋,一定有那么一个晚上,双方如胶似漆,通宵不眠地讲话,讲述彼此的故事,那是多么甜蜜、多么性感的时刻!

问题是当最初的甜蜜消退之后,谈话就转入日常生活的轨道,诸如上班时和谁吵架、哪里买菜便宜、孩子该去哪个幼儿园等等。心理学家极力主张夫妻之间要不断地讲故事,通过讲故事回忆起初恋时的甜蜜。有的婚姻咨询师面对客户的婚姻危机时,要求各方陈述各自的经历、双方关系中的一些重大的事件，然后把它们编成一个连贯的故事。其道理也就是通过讲述故事，让双方可以重温历史从而得以维系婚姻。

讲故事和重复讲故事

　　讲故事可以增加人和人之间的亲密关系，当人们分享彼此之间的价值观、彼此的经历、彼此对生活的看法时，双方的信任度也增加了。讲故事的这些好处，只有把故事讲"好"才能获得。生活中，真正能把故事讲"好"的人并不多。

　　有时候，讲的人不懂得揣摩对方是否喜欢听你讲的，所讲内容没有要点，讲的内容不适宜，以及对方已经表现出不愿意听还在继续往下讲——这种讲故事非但无益还会惹人讨厌。更多的情况是你会重复讲同一个故事给同一个人听，直到听的人说："这个故事你已经讲给我听过了！"你才尴尬地收起话头，相信许多人都有过这种"重复讲故事"的经历。

　　美国某大学最近的研究结果证明，如果一个人重复讲同一个故事，会让听的人觉得不够真诚可靠，至少是没有向对方展现出自己真实的一面。此研究还发现，听的人对再一次听到已经听过的东西是不感兴趣的。

有一个例外（这个例外十分重要），上面的研究发现：如果讲的人开诚布公地告知对方这个故事以前曾经讲过，例如，可以用"我以前曾讲起过……"这样的句式作开场白，听的人就会欣然接受这个重复讲的故事。

这说明什么呢？每个人都有自己喜欢的故事，这些故事以前讲过，而且受到欢迎，或者说讲的人曾经成功地用这个故事厘清了一件事。同时，人们对社会交往的唯一性也有一种期待，如果某人重复讲故事而又没有事先承认，就会被看作违背了这种期待，甚至会被看作所讲的东西有说谎的成分。

科学分析证实，一个精彩的故事会释放两种神经化学物质：一种叫多巴胺的会帮助人集中注意力；另一种叫后叶催产素（脑下垂体后叶荷尔蒙的一种）的，会增加人的亲密感。这两种物质会使人沉浸在故事的情节中，使人愿意被故事情节所诱导。所以，善于讲故事的人要让听的人被吸引，就要设法像写侦探小说一样地制造悬念，吊起他们的胃口，使他们极想知道故事的结局，这种"吊胃口"就会使得双方的联系更紧密。

讲好一个故事，厘清一件事，看上去不复杂，要做得好是要动点脑筋的。比如说讲故事要有好的效果，首要条件是故事要引人入胜，要有戏剧效果；善于讲故事的人会用嗓音的变化来传递情绪、激动、欢乐等来感动听的人，使他们快乐、生气甚至大怒。当然先决条件是讲的人自己也要被故事所吸引。

避免泛泛而谈，要有重点，针对不同的听众要对故事的内容做一些裁剪，有些内容你可能很喜欢，但会使听的人困惑。讲得越简洁越好，不要突然转变话题。最后，如果是重复讲的故事，那就用一点幽默、自嘲的语汇"坦白"一下吧！

满怀希望

"满怀希望"是人们常说的一句话，当人们在锐意进取，或者是处于人生低谷时，经常会听到这样的鼓励。有研究证明，满怀希望，或者充满希望，是人们生活安宁的一个十分重要的因素。希望值高的人往往有比较健康的生活习惯：比如说经常运动，睡眠充分，讲究饮食健康，以及性生活安全，这样他们抵御癌症的能力较强，患感冒、高血压、糖尿病、忧郁症的概率相对也低。

统计数字还告诉我们，怀有更多希望的学生的学习成绩也更好。怀有共同希望、追求共同梦想的夫妻的婚姻也更美满、更能持久。

希望包含多种多样的组成内容，如对别人有持续的信任，和别人持续地保持来往；觉得自己很强，很能干，或是觉得自己能与自己敬仰的人为伍，觉得自己的强项为别人所认可；当身处逆境时保持乐观，在境遇不妙时依然能够坚持积极的心态；最后，怀有希望的人相信有超乎自己的力量存在；等等。

心理学家把希望归类为人的一种情绪，而这种情绪是人们可以有意识地加以利用的。满怀希望的人不仅仅只有一个目标或是一种意愿，他还有一股力量和动力将自己的目标或意愿付诸实现；满怀希望的人相信明天比今天更好，而且具有力量让自己的明天更好。这里，希望和乐观有别——乐观是一种信念，相信客观现实会变得更好，和自身的努力并无太大的关系。

当人们丧失希望时，意味着人们更多地聚焦在现实中的障碍了。心理学家认为可以通过努力使人们重新获得希望。2011 年的《幸福研究杂志》报道了一个案例：研究人员给 96 名大学生一个陈述句"我能够想出多种方法摆脱交通阻塞"，然后要求他们表述在多大程度上同意这个陈述，并由此测得每位学生的希望值水准。

接着，专家要求每位参加者为自己设定一个令人兴奋的目标，想出为实现这个目标的多种途径，围绕在每个途径周围的障碍以及攻克这些障碍的方法。上述环节完成后立即测试每位学生的希望值，在一个月后再度测定一次。结果发现参加者的希望值都有了显著的增加。

人们甚至可以在家中自己做上述实验：想象一些会激发自己兴趣的事，你至少可以体验一下怀有希望时的感觉是什么样的，你还可以有意识地做一些你擅长的事，如写一篇书法，弹一曲钢琴来提升自己的信心和情绪，或者，和一些持积极生活态度、满怀希望的人聊聊天——希望，它是会在人和人之间感染的。

当然，如果你孜孜不倦地追求的目标最终被证明是不可实现时，要果断地抛弃它，并重设新的目标。注意，某一项失败并不等于整条船会沉掉。

不必多虑

经常听人说，他们整天整夜地为某事发愁、担忧。最近有研究阐明了过多担忧源自何方，以及如何制止这种担忧。

对于大部分人来说，担忧是人在面临挑战时寻求解决方案、希望不利于己方的事态不至于发生的一种方式，这种担忧其实是有积极意义的，它们通常发生在五个领域：人际关系、财务状况、工作变动、信心缺失，以及所谓的"漫无目的的未来"。对于这些担忧，人们是能够自我适应并加以调节的。

但是有些担忧则是带有病态的，如有的人几乎是分分秒秒地为每一件事发愁，愈演愈烈，以致妨碍了自己的正常生活。这种病态的担忧往往因某件确实存在的事所引起，比如说职业生涯遇到挫折等，随即一发不可收拾，发展成为对几乎一切事——甚至于像"下周的天气怎么样？"这样的问题也会发愁不已。

英国有一位教授认为人之所以会过多担忧，有遗传上的因素，也有环境的影响。比如说，在孩提时遇到威胁时是如何应对的，父母亲又是怎样让孩子安下心来，生活中曾经经历过怎样的创伤等，都可能影响到我们担忧的程度。这位教授认为担忧和焦虑有一定的联系，但是，它们有很大的不同——担忧是可以加以认知的，而焦虑则有很大的生理因素。

最近这位教授对 50 个"担忧"的个案进行了分析，发现了一个共同点：过度担忧的人认为，他们如果不为每一件事伤透了脑筋的话，肯定会有不利于自己的事会发生；这些人对负面的事件、威胁极为过敏，在威胁尚未发生的时候，脑神经就聚焦在它上面，然后，他们会与所有可能会造成不利的情景一一"过招"。上述过程使他们潜意识地不断担忧，再加上并没有解决问题的方案，这就形成了恶性循环。

过分担忧的人对于任何事都没有信心，而且永无休止地发愁，因为脑神经中维持兴奋的部位被激活了，不过，研究人员认为人们有办法做到停止过分担忧。比如可以尝试如下一些方法：

正视实际情况。问自己，你感觉到的和实际发生的是否真的一致呢？比如你担心被上司解雇，但实际情况可能是你的上司不满意你的业绩，希望你能改进。

朝好的地方去想。医生诊断你可能患癌症，但事实上你的症状也可能是由炎症引起的。朝好的方面去想可以使你乐观，使你思绪解放出来并聚焦在治病上。

把困扰你的事逐字逐句写下来。如开车时吃到罚单、股票市场、错过了一个重要电话等等，在用笔写下这些的时候，你会有一种感觉，这些问题似乎都在你的掌控之中。或者，你可以试试听音乐、去健身房，当你享受生活时，一定不会同时发愁吧。

要想赢先发怒

1991 年 8 月 30 日，在东京举行的"世界田径锦标赛"上，美国运动员麦克·鲍威尔奋身一跃，以 29 英尺 4.36 英寸（8.95 米）的成绩打破了鲍勃·比蒙保持了 23 年之久的 29 英尺 2.39 英寸（8.9 米）的跳远世界纪录。

最近，鲍威尔在接受采访时披露了一个鲜为人知的细节：那天在东京比赛时，他的对手是卡尔·刘易斯（被称为"20 世纪最佳田径运动员"），就在鲍威尔作出这次"世纪之跳"之前，刘易斯跳出了超出比蒙纪录四分之一英寸的极佳成绩（后因风速过大，这一成绩未被认可），他洋洋得意地走向鲍威尔，向他挥舞拳头示威，鲍威尔被彻底地激怒了，这怒气竟然激发了巨大的能量，使他做出了令人目瞪口呆的一跳，至今，这个纪录已经保持了近 30 年无人撼动。

对于人的发怒是否有助于赢得比赛，心理学专家一直存在不同的看法。传统的理论是人们应当控制自己的情绪，多想积极的、令人愉快的事，摒弃悲痛、恼怒这类消极的东西。不过，当人受到不公正的对待，或者觉得自己有能力做某件事时，胸中"怒火燃烧"，就可能极大地激发人的能量。所以，有人认为激发人的怒火在特定场合是有益的，上述鲍威尔打破纪录就是一个明显的例子。

有一个实验：被测试者中的一半被告知要参加一项谈判，另一半被要求和某人闲聊；另一个实验是一半人被告知要和对方玩一个刺激性很强的视频游戏，余下的被告知和同伴组成一队玩一个电脑理财游戏。然后，所有人被要求选看美国著名演员的视频，一段是罗宾·威廉姆斯的喜剧表演，另一段是哈里森·福特所演的角色在电影《证人》中备受折磨的情节。两者选其一。

结果，被要求参加谈判或被要求玩视频游戏的人较多地选择看令人苦恼的《证人》短片，说明他们不由自主地希望生气发怒，让自己在竞争中更给力。

心理学家认为发怒是一种"触发"性的情感，它使人们想去抗争，帮助人们解决面临的难题。但是，发怒在促使人坚持不懈的同时，也会消耗人的协调能力、创造力，所以有人认为在打高尔夫球或写小说时，切不要发怒。发怒有危险的一面，它会损害人际关系，也会分散自己的注意力、消耗精力乃至看问题不得要领，更不用说有些发怒根本是不必要的。

一位以色列教授做过一个有趣的实验：他准备了两段音乐，一段是节奏强烈的打击乐，另一段是弦乐曲。第一个实验的参加者被告知发怒会帮助他们完成即将开始的工作；第二个实验的参加者则被告知发怒会妨碍他们的工作。然后，他要求参加第一个实验的人通过谈判获得钱，参加第二个实验的人则被要求玩一个竞争激烈的视频游戏。

结果非常相似，期待怒气有帮助的人都选择了听打击乐，且都获得了好的成绩——他们通过谈判获得较多的钱，在游戏中"杀死"了更多的敌人。这位教授的结论是：有期待才有结果。

单身的快乐

最近看到一篇报道，说是最近 50 年来单身的人大大地增加了。据称，2017 年美国大约有一亿二千万人单身，占 18 岁以上的人群的 48％。这里讲的单身，包括未婚、配偶去世，以及法律上从未结婚的人。而在 1970 年，美国单身人数为三千九百万，仅占 18 岁以上人群的 29％。

该报道认为，单身人群的增长，说明相比以往，现代人更能适应于单身的生活，单身者年岁增大，其生活满意度也比以前要高。

且不说这种说法是否正确，长久以来社会上对单身存有偏见是一个事实。比如有人认为单身者孤独、苦恼甚至自私；还称单身者必定是求婚心切；更有人会振振有词，称单身的人一定是什么地方出了问题。

而对于喜欢单身的人来说，他们对以上的看法都是"照单全收"，无所谓别人如何看待他们，"我就是喜欢单身，那又怎么样呢？"

问题是我们的社会是以"双人"为组织基础的。举些简单的例子，去健身房买会员卡，夫妻双人卡通常可以享受优惠，饭店的双人套餐、旅行团的双人房都是以家庭、双人为目标的，更不用说比比皆是的婚姻介绍所、电视台的相亲节目了。单身者在社交、聚会、娱乐等场合会不由自主地感到受到冷落，倍感沮丧，特别是在一些基本上是以家庭为单位，或是有众多孩子参加的活动中，更会有一种被排除在外的感觉。

那么，单身人能够过得快乐吗？肯定能！不必等待，可以立即行动起来——换一个更好的工作、开车、买房、寻求一项"酷"的嗜好，如每年冬季去东北滑雪等，不要等到有了伴侣才做这些。

铺开一张纸，给自己的生活做个归纳，比如有没有慢性病？心理情感上有没有问题？经济是否困窘？有没有心腹之交？……按重要性作一排列，很可能会发现正在做的某件事其实并非必要，这样就可以作出调整。

有人作过统计，单身的人往往会比已婚的人有更多的朋友。但是，单身的人依然会感到自己缺少社会的支持，尤其是在遇到生病等突发事件时更是这样，所以，单身的人更迫切地需要建立牢固的朋友圈。

鼓起勇气，把"过好自己的每一天"作为座右铭。有人发现，人可以把自己看成是自己的"伴侣"，每逢生日，给"伴侣"买一件漂亮的礼物，逢节日请"伴侣"吃一顿精致的晚餐，辛苦工作之余给"伴侣"预订一个按摩，等等。时光对于单身者往往会是一种悲哀，让"伴侣"的时光丰富、充实，单身者自身也就满足了。

上海人有言道："寻开心"，意指别人做的事不切实际，不靠谱。但就字面而言，沪语"开心"就是快乐的意思，"寻"就是寻找，"寻开心"就是说快乐不会从天而降，快乐是需要自己去寻找的。

挑战"自我怀疑"

想一想，你上一次责备自己、对自己深表不满意是在什么时候？再回忆一下上一次庆贺自己是在什么时候？

可以肯定，许多人会说"我更容易回忆起对自己感到不满的时刻"。很多时候，人们会一再沉思冥想那些消极的东西。遗传因素、大脑的化学反应、自身经验和应对问题的能力都会不约而同地证明这一点。

医学研究证实，人的思维是一个非常复杂的过程，它涉及脂肪和其他化学物、基因表达，以及大脑神经系统的联系。某一思维次数多了，思维过程就会不断重复，这就好比滑雪，前面的人滑过留下的轨迹，很容易被后面的滑雪者滑入，滑的次数越多，越容易进入同样的轨迹。

正因为此，专家们认为可以通过针对性的训练来改变思维的轨迹，他们把这个训练称为"认知重评"，其目的是让产生积极思维的神经系统变得更强，或者说是训练一个"快乐的大脑"。

"认知重评"是执业心理医生广泛使用的一种治疗手段，它简单易行，病人可以在家自我训练，治疗目的是把病人的思维限定在积极的方面，面对现实。试看下面步骤：

首先，为了改变消极，你必须了解"什么是消极？"当你被那些消极的思维困扰而陷入沉思冥想时，马上提醒自己：这是浪费时间，并把这些消极的东西写下来，再注明是什么东西触发了这些消极的思维，注明得越具体越好。

实际情况是，禁锢在精神上的使你沉思冥想的东西并不真正存在。所以你必须要挑战这些东西，可以问自己问题："我真的失败了吗？我难道是一无所是吗？"当你试图回答上述问题时，你可能会发现事实并非如此。这时，你就应该反其道而行之，试图发掘你成功的一面，并找出一些实际事例来证明你的成功，把这些事例一一写下来——"写"有助于增强记忆。

评估一下你取得成功的事例，当然你不会每一次都成功，不必介意，世界上没有人可以做到每次成功，而你可能成功多于失败——评估你的成功有助于你更全面地把握自己。

上述实践并不是一蹴而就的，你需要反复地做，反复地操练——每当出现消极的思维，立即写下并对之进行挑战。美国的《行为研究和治疗》杂志在 2014 年 11 月做过一项"认知重评"的研究，显示主动挑战"自我怀疑"约 16 个星期后，研究对象的消极、自责状态会大大地降低。

有一些实用简便的小技巧可以帮助挑战"自我怀疑"：你可

以想象出有一位朋友在向你诉说他自己有许许多多的消极、自责的想法。你一定会劝他、宽慰他。我们对朋友总是更友善更客观一点。那么，创造一位和你的思维模式一模一样的朋友，当他对你"危言耸听"时，你就想办法反驳他哦。

当你在高速公路上开车时，有一辆大卡车折入了你前面的车道，你一定会很快地转换一根车道。所以，你一旦被消极的思维所笼罩，你应该马上"变道"，想一些有趣的事情吧——比如说你工作上有一个问题需要解决；想一想去哪里度假；或者，如果你的嗜好是桥牌，那就回忆一副精彩的牌局。这些势必有效，因为一心不可能同时两用。

还有一种欲擒故纵的技巧，那就是让消极的东西无限夸大，对自己说："如果有'失败者奥林匹克运动会'，你一定会赢得10枚金牌，《时代》杂志会让你上封面，标题是'地球上最失败的人'。"这时，你一定会大笑这多么荒唐，这一笑，你就好受多了。

缓和情绪的良策

如果有人情绪激动，你可能会用"放松一点""安静下来"等语言去宽慰他，诡异的是：这些说法恰恰是最无效的缓和情绪的手段。

从生理角度来看，当人们的情绪激动时，全身处在极为紧张的状态，外界发出的带有指令式的措辞不会有任何效果。有报道说人从紧张恢复到松弛的状态至少要 20—60 分钟。另有研究显示，隐藏情绪或者是硬性地把情绪压制下来，往往会使对方的情绪更坏。

那么，应该说些什么来宽慰情绪激动的人呢？我曾经有一位同事，她比较容易紧张，面对工作压力和报表的完成期限，有时午饭也顾不上吃，晚上还要加班。某日我走到她的办公桌前，宽慰她说："不用太紧张，你的报表不用做得十全十美。"

宽慰的话并没有起到效果，另一位同事悄悄地告诉我，她听了我的话更紧张了，认为自己的加班加点、废寝忘食地工作并没有得到上司的认可。于是，我改变了方式，那天，办公室人比较少，我走过去对她说："最近怎么样？随便聊聊好吗？"她来到我的办公室，详细地描述了她承受的工作压力，还对公司运作上的一些问题提了很好的建议。我感觉她放松了许多，显然，用一些开放式的问题容易启动谈话，有助于缓和对方的紧张情绪。

所以，在开始交谈时可以考虑避开对方情绪上的问题，而是聚焦在引起对方情绪紧张的原因。可以先认同对方的情绪紧张是有道理的，然后说："找个时间和你聊聊，看看有没有办法来缓和一下紧张的工作日程。"这样会增加同事的认同感。上述的那位情绪容易紧张的同事，后来被提拔为公司的财务总监。

如果你的下属要用英语作会议发言，而他嫌自己的英语不够好而感到紧张。千万不要说"冷静一点""不要紧张"之类的话，而要允许他发言时看笔记，鼓励他发言时不时地稍作停顿和与会者眼神交流，甚至可以喝水，也可以和同事说点笑话。降低发言者自身的期望值会大大缓和他的紧张情绪。

要对方缓和情绪有不同的目的，不过有一个信息传达是共同的，那就是："我忍受不了你的紧张状态，请你改变一下吧！"

有一种情况是亲人之间的宽慰，那可能真的是希望亲人不要太紧张，大家享受一下安静。比如说某日我在亲友家中看到如下一幕：亲友夫妇在一边准备晚餐，一边收拾房间，夫人赶着要在晚饭前把衣服洗了，做这做那很紧张。他们11岁的女儿乖巧地对妈妈说："慢一点吧，妈妈，休息一会儿！"她停下手中的活，陪女儿看一会儿电视，喝一杯茶，真正地放松了。女儿的亲情，是无与伦比的缓和良策。

情绪管理

　　最近读到一篇报道，要求中小学生在寒假中要学会"情绪管理"，多和父母、伙伴交流，开心乐观地过好寒假。

　　这不错。然而，学会"情绪管理"并不是一件容易的事，很多情况下需要得到别人的帮助。人从出生的一刻起，就要依靠他人来"情绪管理"——婴儿大哭大闹时，母亲把他（她）抱在怀里，喂奶、唱歌，宝宝就安静地入睡了，就是典型的"情绪管理"。

　　成人的情绪更是千变万化的——当情绪低落时需要安慰，愤怒时需要冷静，参加竞技运动时需要鼓舞，兴高采烈时需要一起庆祝。所以，即使你有一位知己可以无话不谈、敞开心扉，这还是不够的，你需要有各种类型的朋友，他们能够在需要时安抚你的情绪，这些朋友可以被认为是你的"情绪管理专家"。

　　有研究说，当一个人有这么一个"情绪管理专家"朋友群的时候，这个人的生活满意度就很高。很显然，只有那些关心你、在乎你的朋友才能担当起这个角色，这些朋友必须是你所信任的，你愿意和他们沟通的。

经常发生的情况是，人们直到自己情绪发生问题时才意识到这个朋友群的宝贵，所以，日常生活中结交朋友时，应当有意识地"储存"这些"情绪管理专家"，特别是一些情感问题专家作为自己的朋友。

初看上去，这似乎有些遥不可及，实际上并不难做到。你可以问自己：有什么需要朋友提供情感上的支持呢？例如，教育子女，经济拮据，抑或是现今很普遍的空巢家庭等问题？你是需要有一个人在身边可以随便聊聊，还是需要进行比较深入的情绪问题的探讨，或者是两者都需要一点？

如果你的朋友群中有一位心理治疗师，那当然是最理想的了。不要忘记，朋友群中的各类有专业特长的人员，如健身教练、小学里的同班同学、工作单位的培训老师、甚至瑜伽老师等，都可能在你情绪低落时给予你帮助。找到一个在关键的时候给你帮助的人甚至可以改变你的人生道路。

当然，筛选朋友群和扩大朋友群同样重要，对那些道德低下、自私自利甚至心怀叵测的"朋友"，肯定是要避而远之的，更不用说寻求他们的帮助了。

有时候，素不相识的陌生人也可以管理你的情绪。某日我赶往机场搭乘"美联航"的航班回上海，高速公路出奇地堵车，我心急火燎，驾驶员费尽努力总算赶到了旧金山机场，却被告知飞机要延误 5 小时，我心情之沮丧是可以想象的，从包里拿出一本书，并没有心情读，只是郁郁寡欢地坐着。邻座的一位美国女士给我吃两块饼干，说是她女儿自己烘焙的，她问我看什么书，我们聊起了自己最喜欢的作家，也谈到飞机居然延误这么久——我的情绪顿时好多了！

忌小事大吵架

生活中有一些人际交往的规则，比如说有礼貌、以诚待人、表示爱心等都是。而争先恐后、出口粗鲁、排队时插队等，都应当戒之。这些规则看似细小，但真的要做到并不容易。

那年我从香港机场乘"机场快线"去中环，极想利用50分钟的车程小休一会，不料斜对面坐着一位男士在手机上玩游戏，"克列克""克列克"的噪音弄得很响，连坐在他前排的一位女士也回转头来怒目而视。车到"青衣"站时，我实在忍不住了，就对他说："对不起，你能不能关掉游戏？"

这位男士的反应就像是被滚烫的咖啡烫了一下，他从座位上飞身而起，咆哮道："我惹着你啦？你是哪方来者，你可以要我做什么不做什么吗？"我告诉他，车厢需要安静，你可以玩游戏，但应该调到静音的位置。周边的乘客纷纷报以同意、赞许，那人发作了一会儿，终于垂下了头，脸色红红的，关掉了手机。

还有一种争吵是难以区分吵架的双方哪方错了。那天在医院的住院结账处，人并不多，我在"请在此排队"的牌子处等候结账，结账员示意我可以上前结账了，不料离开我两个窗位站着的一位四十来岁的女士发声了："我先到，应该轮到我。"我感到困惑，就指着告示牌对她说："请看，应该在这里排队才对。"那位女士把拖车拉着朝前走，拖车里是一个小女孩，她显然动了肝火，大声嚷道："我是站错了位置，那又怎么样呢？现在应该是我结账！"我只能换下一个窗口结账。不过，结账员和我都朝那位声色俱厉的女士瞟了一眼。

　　类似于这种小事大吵架的情形可谓举不胜举。那么，人们为什么会为区区小事大动干戈呢？美国杜克大学的一位名叫莱尔瑞的教授作了深入的分析。某日，莱尔瑞在一家快餐店目睹了一个所谓"酱菜事件"：一个穿着西装的男士拿着一个汉堡包走向柜台，向服务生大声嚷嚷，斥责她在汉堡包里放了酱菜，因为他事先申明过不要酱菜的。那位服务生几乎要哭了，旁边的服务生给男士换了一个汉堡包，男士快快地走了。

　　莱尔瑞教授认为男士并不是小题大做，他动怒的原因并不在于酱菜，而是因为服务生所做的事使他不满意，使人无法信任，她的作为使他受到了伤害，耽搁了他的时间。所以，莱尔瑞认为，所谓人际交往规则看似难以成文，却含有极重要的成分，一旦被严重地违背，受害方就会"翻毛腔"，要让整个世界都知道似的。

　　莱尔瑞在杜克大学做了一个研究，研究对象是 200 位正在恋爱的人，他们被要求列举出恋人所做的让自己不满意的事，必须是小事，然后要对所列的事按照影响生活的程度打分，所谓影响生活，包括经济收入、工作职位，以及对生活的满意度等。再将这些不满意的事按照不公平、粗鲁、自私、不尊重人，以及违背人际交往规则来进行归类。

结果是每个人，不论是男是女，都会举出一些事例，但那些注重"游戏规则"的人列出的事例更多一些，超过30％的事例是针对不尊重人际交往规则而感到沮丧的。在为小事大吵架的案例中，有三分之一的人表示悔意，称吵架是毫无意义的。

所以，容易大发雷霆的人应当学会自我克制，识别哪些是触发点，避免过激反应。比如嫌别人开车太慢，那就早一点出门去上班。还可以试试所谓的"怒气管理法"：如深呼吸、从一数到十、想想愉快的事等等。

做事拖延　源于情绪

　　孩子做作业拖拖拉拉，却专注于网络游戏，或者干脆和同伴外出看电影，这种情况很常见，通常被视为不善于管理时间。但是，心理学家有不同的解读，他们认为出现这种情况的根源在于人们情绪上的问题——为应对面临之压力采取的拖延策略。这种拖延会造成不好的后果，如影响人际关系、失去工作职位、蒙受经济损失，以及损害健康等。

　　拖延往往是有意而为之的，而且拖延者也知道会有不良的后果，有时，他图的是一时片刻的休闲和放松。记得我有一次要在周末做完一个下星期在公司会议上用的PPT文档，这件差使非常乏味，恰巧那个星期天家中来了客人，我不做这个文档似乎也就很合理了。

　　许多人有一个宗旨：遇事要么不做，要做就要做好。殊不知：正是因为想把每件事做得十全十美，就有可能使人感到焦虑、纠结，致使此事迟迟不能开局。还有一种拖延被称为"精神上的补偿"，比如，本应该去找工作，拖延不去而去了健身房，心理上还觉得锻炼身体是应该的，却回避了本应该做而未做的事。

喜欢拖延的人往往认为自己是追求完美者，其实这是一个误区。近来有研究显示：拖延与追求完美无关，而是人的本能使然；再则，喜欢拖延和"做事必焦虑"也无关，因为容易被本能所驱动的人，往往很难控制自己的情绪，一旦有焦虑感，马上停止工作而做一些其他的事以求解脱。

拖延的后果可以很严重——婚姻破裂、失去工作、目光短浅、对自己的将来漠不关心等等，喜欢拖延的人更容易得抑郁症，这一点经常见诸研究报告。至于拖延的人是否更易得高血压、心脏病，有关研究目前还处于初步阶段。

那么，有什么办法可以改变一个人喜欢拖延的状态呢？最简单、最直截了当的就是树立时间观念，该做什么事就尽快做掉它，但是管理好时间并没有解决情绪上的问题。

还可以把一件比较大的事拆分成几个部分，比如写一个报告，你可以规定自己"明天10点钟开始写报告的第一部分"，要给出开始写的具体时间，而不是笼统地说"明天开始写……"每写完一个章节，记得给自己一个奖励，可以是喝一杯咖啡，也可以是预定一个按摩。

还有一种战术就是"把事情先做起来"。有人喜欢把工作记在"To do list"（"要做的事"）上，不知不觉这个单子越来长，越看越不想动手做。提醒自己，拖延并不带来乐趣，尽早做完对自己有利。

　　加拿大有一家实验室和一家香港公司合作开发了一个软件，在人们下载游戏时，人为地设置了 20 秒钟的延误，或者是在进入游戏程序前要输入密码，希望这些小小的不便多少阻止本文开始时提到的孩子们玩游戏，使他们专心做完作业吧！

视周末为度假

对于朝九晚五的上班族，星期一上午的心情肯定不比星期五好。当年我公司的人事部做过一个统计，约有三分之二的职工备受工作的压力，身心疲惫，即使周末双休也未必能完全恢复过来。

最近有一篇报道称要解决这个问题很简单：把周末看作度假就行了。这个发现来自加州大学洛杉矶分校的一项调查，它采样调查了约1000位全日制的上班族，发现那些被要求把周末定位于度假的人，在星期一返回办公室时感觉上更为愉快，精神更好。研究人员发现这些精神更为愉快的人并没有在周末刻意去多花钱，或者去什么特别的地方，他们有一个共同点——在周末花较多的时间吃东西，多和亲人相聚，此外就是少想工作，专注于休息。

研究结果使人感到惊讶，仅仅是想法上做些改变，把过周末视同度假，也不需要你改变通常过周末的模式，居然会有如此好的效果！当然，说一点也不需要改变也不是事实，对周末要做的事的轻重缓急要作些调整，更重要的是要有意识地专注于做自己喜欢的事。

试看此例：如某人最喜欢的感觉，是要在远足中寻求乐趣，他就可以事先做好计划，比如说，周末去佘山、去奉贤海湾区、或是去苏州近郊的独墅湖远足，依靠百度地图可以很容易地找到六七个在一个到一个半小时的车程之内的远足景点。这样，到周末就不需要找东找西，开车上路就是了。

试想，周末完成一次令人兴奋的远足，其感觉和一次度假有什么不同呢？

要注意一个误区：如果每个周末都专注于远足，反而不好，因为这样就等于创造了另一个度周末的常规模式。我们也可以试着做一些平常的事来忘却过去一周繁忙的工作。例如：为自己准备一顿精致而又健康的早餐——水煮蛋、一片杂粮面包、一块法国孔泰起司、两片意大利帕尔马风干火腿，不要忘了泡一壶特级祁门红茶，拿出一套精致的茶具，播放一段自己最喜欢的莫扎特的钢琴协奏曲……何尝不也是度假呢？

有研究说，专注于做某一件事会增强人的自我控制能力，调节人的情绪。上面说到喜欢度假的人会沉浸在度假带来的快乐之中，自然地，这种快乐的情绪会延伸到度假之后。但是，另外一个问题出现了，在经历了一周的繁忙之后，人们往往不能很快地调整到放松的状态，有人做过调查，即使是周末休假中，60％的人的头脑中依然在想工作上的事。

　　可以尝试给自己定一些规矩：星期五晚上关掉电子邮件，关掉手机，把笔记本电脑放入拉链袋，再把这些东西统统放在储藏室的纸盒内，整个周末不去碰它。万一想起了办公室的某件事，可以随手记在小本子上，再也不去多想它。

压力释放

当今生活节奏快，工作压力大，到点下不了班，周末要加班等极为常见，人们很自然地会把工作上的压力、紧张延伸到下班以后。这样，家庭生活就会布满"地雷"，须臾之间，争争吵吵，对配偶、孩子大声呵责等就开始了。

有人把这种现象称之为"外溢效应"，它对人际关系极为有害；从另一角度来看，这种"外溢效应"只会发生在那些热爱自己的本职工作，亟需在职场获得成功的人士身上。

当年我有一位同事王女士，她的丈夫原是某大学的教师，被一家私人学校聘为校长，他认认真真办校、教书，无奈校董事会因财政紧张对他支持不力，连必要的视频辅助设施也不予配备，他每晚回家筋疲力尽、急躁、易怒。经过几年的煎熬，王女士向公司人事部通报准备和丈夫离婚。

不料时来运转，王女士的丈夫变换了工作，在另一家学校谋得一个比较轻松的教职，他的情绪顿时变好了，家庭问题也就迎刃而解了。

所以，我的同事是幸运的，她的丈夫换到一份不那么紧张的工作，但是并不是每个人都有这样的好运。我观察到，当工作不顺心、遇到巨大压力时，人们各有各的应对办法。前面所讲之"地雷爆炸"是其一，也有人"闷声不响"以使自己恢复镇静，问题是这种"闷声不响"可能不能达到释放压力的目的，久之，压力更为加剧，反而有害。

另一种应对多见于女士，她们在遭受压力时需要找人倾诉、寻求安慰，这本无可非议，问题在于这种倾诉往往会引起更多的吵架。如对方"闷声不响"，则更被视为是感情冷漠。其实，这种情况很正常，起因于双方应对压力释放的方式不同，亟需做些调整，寻到一种适合双方的压力释放的模式：比如一方在宣泄时，另一方只要听就是了。而对喜欢"闷声不响"的人，另一方就应给他足够放松的时间和空间，比如说去遛一次狗等。

另一种减压的形式是变换一下生活的节奏。对那些居家上班的人，每天几个小时，甚至十几小时和电脑屏幕打交道，他需要的是去小区会所聊聊天，或者是用一会跑步机；而那些主持一个项目，指挥一个工程的人整天和人打交道，他的最佳压力释放模式应当是沏一壶茶，翻翻当天的《新民晚报》。

人们要问：有没有可能控制住压力，不让它释放呢？我的经验是：有可能，但需要创造一些精神上的空间，在工作和生活之间建立一个缓冲地带。比如说，下班后去一家有"快乐一小时"

的酒吧喝啤酒，去健身房练习瑜伽，或者是到家后不谈任何工作上的事，一边烧晚饭、一边听莫扎特——做这些事不等于释放压力，但这个"第三空间"至少会使人感到释放压力并不是那么迫不及待了。

还有一种情况很重要，当你有望得到职位上的提升、薪酬的增加时，你一定会加倍努力，乐意承担起工作压力的！

心腹之交

有一项研究旨在探索人是在哪个年龄开始交"朋友"的，这里讲的"朋友"，指的是极为亲近的心腹之交——一个你可以对他敞开心扉、和盘托出的人。他们发现，从孩提时候直到退休，人在任何年龄段都可能交到好朋友，这家公司做了一项跨国调研，在10000人中，21岁的时候交了心腹之交的人数最多。

研究还发现不同年龄人群交友的年龄存在明显的差异：战后"婴儿潮"（55—75）的人有心腹之交大约在29.8岁，而"千禧一代"（24—39）的平均值是17.9岁。当然，人的至交可能不止一个，抽样显示人平均有三到四个心腹之交。

人在20岁左右开始交好朋友自有其道理，这个年龄段，他们可能有了自己的第一份工作，或是开始独立地走向社会，建立自己的人际关系，而这时，他们最容易碰到有类似背景、有相同经历而又讲话投机的人。

交朋友是需要投入时间的，统计显示，从陌生人到成为一般朋友需要投入40—60小时，而从陌生人发展到至交则要多达200小时以上。这也解释了为什么20出头是最佳交友年龄，因为大多数人那时未婚，没有孩子，也没有太大的工作上的压力，他们有的是时间结伴外出。

人在童年、在十几岁时候交的朋友大都是左邻右居，或是学校的同学。在20岁左右交友范围扩大了，而人们对交友也更为挑剔、更为理智，那个年龄段会出现人生许多重要的"第一"——第一份工作、第一次租房子住、第一次恋爱等等，如果碰到有人情趣相似、志同道合，那就容易产生交友的"化学反应"。

那么，上面所说的这种友谊能够维持多久呢？友谊在现实生活中往往十分脆弱，少有持续很长时间的。大约20年前，一位荷兰专家做过研究，他跟踪了18—65岁的1 007人，七年之后，约有一半的人称原有的友谊已荡然无存。

对于婚姻和浪漫关系，人们会遵守规则——一段关系终结以后才能开始新的关系（极少数道德败坏、玩世不恭者除外）。友谊则不然，它可以是多元的。从孩提时代开始交友，随着年龄的增长，交友范围日趋扩大——大学同学、办公室同事、做瑜伽的朋友、打麻将的搭子等等，而且，当我们有了新的朋友，还被鼓励要维系原有的友谊。

但是，生活的节奏飞快，原来的心腹之交谈恋爱了，结婚生孩子了，去另一个城市工作了，升官发迹了，做股票输惨了或者是自己生活的关注点变化了，等等，这些都会剪断形成原来友谊的纽带。

友谊受到损人利己、背信弃义的冲击的事例，生活中可谓屡见不鲜，文艺作品也有诸多描述。但是，在更多的情况下，友谊的终结并没有详尽的记录。那么，面对一段长期友谊的终结，如何应对是好呢？

当年我有一位朋友，一起集邮，一起在电影院等退票，一起去中央商场的小吃摊喝咖啡（1970 年代初，上海唯一供应小壶咖啡的地方），无话不谈，无事不分享——心腹之交是也。某日，我和他打电话，正谈得起劲，他说他要打另一个电话，过会给我打回来。

他没有回电。我去过信，也没有回信。他从未解释那天他为何中断电话，也许他没有好的理由解释。三十年后，他从澳大利亚回到上海，通过另一朋友辗转找到我，我们依然友好如初，不过，这只是中规中矩的"Update"（交换彼此信息），完全没有了当年的发小之情。

几个星期前，我在淮海路的人群中看到他，我没有前去叫应。叫应了又怎样？为了彼此说一句"过几天聚一聚"的空泛的客套吗？让过去悄悄地过去吧——这应当成为本能，而不是一个需要作的决定。

疫情与交友

　　某日和一位朋友聊天，他说起在疫情期间做了一件事，就是把他所有的通讯录（包括手机内的名录）统统整理了一遍，然后把总共800多人缩小成50余人，这张50余人的表上有家庭成员、同事、朋友等，都是他决定要经常保持联络的，即使疫情期延长也不例外。

　　我们通常的思维方式是朋友多多益善、要建立广泛的社会联系等等。但是疫情带来的变化之一是出行减少了。例如，健身房教练组织的拉丁舞课，我一定要去参加吗？接到中学同学女儿婚宴的请帖，会三思：人群聚会有风险，我一定要出席吗？这次疫情，暴露了许多我们原先不知道的事，其中有一件就是：我们交的朋友确实有数量和质量的差别，其中有一些朋友是我们渴望见到的，也有一些人如果不见到反而更轻松。

　　或许，在疫情暴发以前这种感觉就存在，但往往被忽视了。

爱交际的人会一个接一个地参加聚会——一位朋友曾不无得意地对我说："昨天我有五个饭局呢！"事实上这些交际大都是泛泛的，不可能有深度交流。疫情一起，可能一顿饭也不参加了，反而觉得轻松自如。

有人做过研究，人类所具有的认知能力使我们最多只能同时有4—6位密友。这里说的密友，系指你个人社交圈核心层的人——关系密切、互相之间爱慕，值得你每天或者是每星期花时间、花精力去细心维护。显然，所谓密友，包括你的性伴侣，也包括一到两位家庭成员。

即使是在疫情发生以前，偶尔结识的人、萍水相逢的朋友，也很快会消失，或者说会被替换。有研究说，每隔五到七年人们会更换一半朋友圈内的人。与此相吻合的是，这个研究还揭示了所谓友谊，只有一半是相互认同的，也就是说，在你认为是朋友的人中，只有一半的人认可你也是他（她）们的朋友。这并不是说人们交友时一厢情愿，会沾沾自喜于自己朋友众多，其实只要客观地分析一下，多一点思索，自己就可以认识到上述结论是事实，疫情只不过是加快了思索和识别的过程罢了。

不是吗？疫情期间，当参加一次聚会要作风险评估时，你和你的朋友对友谊的珍视程度就昭然若揭了，去学校接孩子时认识了孩子同学的妈妈，俱乐部练瑜伽时结识的伙伴等，肯定不会是你优先考虑要去聚会的对象。显然，当推动这些交友的外力不复存在，你会恍然大悟：原本并没有太多话可说的，除了寒暄，从来没有过深入交谈啊。

当疫情过了以后，你会不会后悔呢？那位曾经一天有五个饭局的人会不会感到内疚呢？不会。疫情教会了我们追求健康、安静的生活方式，使我们审视一下，哪些人即使在疫情期间我们依然联络，依然冒着一定程度的风险见面——因为我们珍视和他们的情谊。而这种朋友情谊，只有在双方有共识、有共同追求的情况下才能存在，才能伴随我们终身——当然，更伴随我们走过疫情。

友谊在不在

当疫情逐步得到控制，生活回归正常的时候，许多人都考虑要和要好朋友见面，重续友谊。

过去的一年非同寻常，很多朋友都有几个月、甚至一年没有见面了，重新和朋友面对面可能会有意想不到的尴尬——疫情期间发生了太多的事情了，从哪个话题开始聊才好呢？

每一次聚会都有每一次的期待，经历过严酷的疫情，有些朋友需要得到帮助，有些朋友工作在抗疫的前方，他们有许多动人的故事要对我们讲。听故事的人也有精神上的压力，因为有时候自己情感上的负担也已经很重了。

听一位朋友说，他非常渴望见到一位大学的室友，但是见面的一刹那，忽然觉得对方很生疏，不知道从何拾起话头。这种情况很正常，因为朋友之间重新见面的本身，就是一次情感上的磨炼。

有研究说，人们"最亲密、最接近"的圈子在经过疫情后有了变化——多了一些家庭成员，少了一些朋友。这也说明，重续友谊十分重要，早就有研究证实：牢固的友谊有助于生活愉快，远离抑郁，降低血压，延年益寿，等等。

表面看来，重续友谊只不过是一次约会，一起吃午饭或者喝下午茶，其实它比我们想象的要复杂一些。我们的精力、时间有限，重续友谊的人必须是我们最亲近、最想念的人。见面聊天和手机微信上泛泛而谈不同，它需要注意力集中，需要谈话有一定的深度——由于疫情，这种集中、这种深度我们似乎久违了。重续友谊的频率要慢一点，疫情前，你可能天天晚上约了朋友外出，现在可能以每周一次为宜，至少开始阶段应该这样。

个人而言，我喜欢把"重续友谊"和某活动结合起来，比如和朋友一起去看画展，去某公园或街心绿地快走一小时，参观一个名人故居——在上海，你永远会有无穷多的选项！让活动成为"重续"的主角，谈话就变得轻松，情感上的压力也就不大了。

有一个情况要注意，当你和朋友在咖啡馆坐定，喝着咖啡、饮料，你的朋友突然泪洒矿泉水，显然，这位朋友过去一年遭受的磨难——比如说亲人去世、家庭危机、自己健康不佳等——你可能毫不知情。我有一位朋友事业上很成功，女儿在美国读大学本科，我和他见面聊天时突然得知他女儿不堪压力，染上了毒品！

所以，准备重续友谊时，对于朋友的"突爆惊奇"要有准备，要向对方表示同情，让自己成为对方的支撑。还有一种非常特殊的情况，那就是当你约朋友外出时，竟遭遇到对方的不满甚至愤恨。可能，这是因为在疫情期间，你疏于和对方联络招致了对方的不快。不必太在意。每个人疫情期间的遭遇都不一样，这就决定了个人是不是在这个时间段愿意重续友谊。

友谊的小船为何倾覆

　　生活当中友谊的中止、婚姻的破裂有各种原因，听到最多的可能是说忍受不了对方的缺点，或者是看不惯对方的做派。有研究说，人们倾向于把他不能接受的品性列出一个长长的负面清单，而对别人好的方面、好的品性则重视不够。

　　这种情况很容易解释：人们在做投资理财时，会较多地考虑风险因素，以及如何规避风险。交友时也一样，人们对可能导致关系破裂的原因往往会考虑得更多一点。

　　去年 10 月，互联网上有一份《个性和社交心理学告示》披露了一项研究结果，称女人相对男人更多地关注关系破裂的原因，这可能是因为女人在交友过程中风险更大，比如说她们会怀孕，这也促使她们在选择男友时比较挑剔，要考虑男人今后是否有能力抚养孩子。

　　上述研究中有一项问卷列出了 17 个坏品性，询问了 5 541 位美国成年人：他们是否认为这些坏品性会导致双方关系的破裂？

结果是女人认为会导致破裂的要多一些，但所指称的关系破裂的"元凶"，男女所列出的倒非常相似，它们依次是"头发散乱、不干净""懒"和"贫穷"。较多的女人把"缺少幽默感"作为不愿开始交往的理由，相反，男人择偶时却不愿意对方比自己更聪敏。

男人讨厌"多嘴多舌"，还认为对方"性欲不旺"是关系破裂的因素。女人则更多看重"性生活的质量"。由此可见，男人认为性生活次数足够就可以了，女人则不然，如果质量低下就会走人。

关系破裂的因素因长期、短期而异——如"易发怒""婚外恋""不诚实"等均属破坏长期关系的；而影响短期关系的则有"健康问题，如有性传播疾病""体味"和"邂逅"等。

在我们平时交谈时，往往会听到更多关系破裂的原因，如酗酒、抽烟、说谎和讲话声音太大等。有一些则纯属个人的偏好，如嫌对方有手汗，嫌对方养狗养猫，嫌对方穿石头磨过的牛仔裤、穿凉鞋时穿袜子，等等。

所以，当我们对造成关系破裂的原因有足够重视时，也要注意这些原因要合乎情理，否则，就容易错过一些值得交往的朋友或伴侣。

朋友带来一位朋友……

　　某日，我约一位多日不见的好友吃晚饭，藉此叙旧聊天，是日下午朋友给我短信说是要带一位他以前的同事一起来。我感到愕然，试着想象和一位不相识的人一起吃饭、聊天会是怎么一副样子，最终，我告诉朋友我突然感到人不舒服，宜在家休息。

　　我的朋友并不认为我是找了个借口，也没有感觉到带他的朋友来有何不适当。他第二天就打电话给我，问我情况好点吗？我如实告诉他，我并不在意多一人聚会，但是那天我希望和他"一对一"地聊聊，因为我确有一些私人的事情想听听他的意见。

　　这件事过去很久了。但是我一直在思索：我对"朋友带来一位朋友"一事是否是反应过度了？我也在不断地观察其他人交友待客的习惯，发现有人喜欢"一对一"地交往，对事件作一些深入的讨论，喜欢互相之间有一些亲密感情；有人则不然，他们的

237

信条是"人越多越愉快",他们喜欢被人围着——说说笑笑、起哄喧闹、对他人评头品足等等,他们并不追求个人之间的亲密和私交。

这两种不同的交友方式,很难单纯地用个人性格的内向或外向来解释。更多的是表现出了人们社交风格的不同,人的个性决定了其兴奋点是如何被激发的——是"合群"还是喜欢"一对一"地交往。早就有研究证实,"合群"或"群居"是人类进化过程的一个重要的特点——在远古时代,如果不互为依存抵御自然界的恶劣环境,人类早就消亡了。

有人做过统计,约55%的人是"合群"的,他们热情、有爱心,也喜欢情感亲密,他们大都从小起就一直受到父母或其他长辈的呵护;其余45%就不太喜欢这种"合群",他们的性格是回避型的,遇事会焦虑不安,这些人往往在生命的某一阶段曾经缺失父母的关爱。实际上,人们很容易作一个自我判断,说出自己的社交风格是属于哪一类,当然,这种判断也会有例外,也存在一些灰色地带。

最近我遇到一件事,说明这两种不同的社交风格会发生冲突。我曾经工作过的某企业有十位同事原来约定每年举行一次聚会。我后来感觉自己不十分喜欢聚会时讨论的话题以及聚会的氛围,决定退出。不料当我打电话告诉组织聚会的朋友时,还没有等我解释完,对方就把电话挂断了。

几个礼拜以后,对方打电话给我表示歉意,我也表示自己可能太唐突了一点,我们的友谊没有受到影响。再结合本文开头时的案例，当你和你的朋友的社交风格发生冲突时，最好的办法还是坚守你自己的立场，不想参加就说不想参加，如果是考虑朋友情面，勉强去参加一个你不喜欢的聚会，从长远来看反而容易损害双方的友谊。

敬畏身边的人

　　老友李欣属于"能工巧匠"一类的人——修电视机、调试组合音响、答疑无线局域网问题等"路路通"。那天我买了个黑胶唱片唱盘，送到家的居然是散件，购买时商家并没有提示要自己组装。正在一筹莫展的时候，我想到了李欣，给他打了电话。

　　李欣很快就来到我家，对了一遍组件就打开自己带来的工具盒忙碌了起来。那天天气奇热，不巧我家正在调换空调主机，新买的空调还没有来得及装好。我只能用电风扇救急，但根本无济于事。李欣满头大汗，不时摘下眼镜，用手帕擦拭镜片上的汗珠。不一会儿，唱盘装好了。

　　看着他安装唱盘，我有一股感谢、敬畏之情，而且这股敬畏之情在不断向外扩展，扩展到每一个人，整个世界似乎变得更温暖了。我感悟到，浩渺大海、逶迤群山、田野落霞固然使人神往、敬畏，但是，我们身边有人比名山大川更值得敬畏，李欣就是这样的一个人。

现实生活中恼人的事不胜枚举，从随手扔垃圾到乘公交车蜂拥而上。但如果仔细观察一下，生活中值得我们敬畏的事情也很多。人们走在街上，见到一个情景，情不自禁地"哇"，停下脚步感叹，这就是敬畏。这种敬畏，会挑战我们的思绪，也会扩展我们的想象。

有一位教授专事研究"敬畏"，他认为对某事某人产生敬畏，可以减轻精神上的压力和焦虑，使人积极面对人生，增加生活的满意度。满意度的增加，也包括减少贪婪，对弱者更具同情心，更乐意帮助人，等等。通常，人们对美好的东西产生敬畏，这往往和"稀缺""罕见"结合在一起。达·芬奇的画、莫扎特的音乐、黄山的云海等等，都会使敬畏油然而生。对人的敬畏也是如此，公众人物，比如打破世界纪录的运动员、革命烈士、宇宙航行员等很容易让人敬畏。一个容易忽视的情况是：我们身边的人也有许多是值得敬畏的。

比如说，一位同学告诉我她如何敬畏她不久前去世的父亲。她的父亲患阿兹海默症二十余年了，弥留之际，她父亲突然记起了她的名字，祝福她几句后就咽气了。我的邻居张女士十年如一日地精心照顾瘫痪在床的老母亲，老母亲住的房间总是干干净净的，一点异味也没有；有一位前同事动过卵巢癌手术，她边治疗边坚持画画，社区最近还为她举办了个人画展——这些发生在身边的事，难道不值得敬畏吗？

日常生活经常会有那么一刹那使我们惊讶，甚至目瞪口呆。

那天，我带三岁小孙女去麦当劳，她最喜欢吃的是"快乐套餐"，因为除了美味的鸡块，她还可以得到一个小玩具。那天餐厅里有一个比她小的男孩在大哭大闹，还在餐厅乱跑，她见状就拿了自己套餐里的玩具走过去送给了小男孩。

所以，我们不需要去外层空间，不需要到博物馆去寻找敬畏，敬畏就发生在自己的家里。我们不可能去制造敬畏，但是，一旦敬畏在我们身边发生，我们就要注意到它，让它给予我们正能量。

让孩子更聪明

如果能做点什么让孩子变得更聪明，没有哪位父母不愿意做的。

我的孙女五岁了，在美国上幼儿园。她的父母也在考虑是否要让她学习一门乐器。有一天我去幼儿园接她回家，和她的老师密歇尔聊起这个话题。她说：很多人认为学习乐器会使孩子更聪明，其实并非如此，美国有一个颇具规模的调研针对10 000名左右的儿童，对遗传因素、环境影响等都作了考虑、调整，结论是无法证明学习乐器会使孩子更聪明。

不过密歇尔告诉我，有研究说原来智商就高的孩子更能学好乐器，更能坚持不懈。她说学习乐器还带有"安慰剂效应"，可以激励孩子，使他们更努力，而且经常和音乐作伴还有提升孩子的自我控制能力、集中注意力、锻炼记忆等诸多好处。

密歇尔的话很有意思，使我联想起了自己在小学时喜欢下棋，当时老师说过：学会下棋可以锻炼智力，增加解题的能力。最近，我看到过日本大阪一位教授的报告称：会下棋的学生算术成绩好这个结论不一定正确，因为在做此项研究时有方法上的错误。他认为下棋训练和学生的算术成绩并无直接的联系，更可能是因为喜欢下棋的孩子通常更乐意去学校，学习的动力也更充足一点。

密歇尔认为我孙女的智力发展在班级里是名列前茅的。其实她父母并没有送她去参加各种课外兴趣班。有一年孙女收到一份生日礼物，是一幅拼板（英文叫 Puzzle），上面有世界上几十个国家的国旗，国旗印在小纸块上，还标有所属国家的首都，大纸板上有一格一格的框框，下面标有国名，游戏要求根据小纸块上的国旗和首都名称，"对号入座"地放入对应国家的框内。

我和孙女一起玩了几次，她就信心满满地一个人玩了，只见她记忆力出奇地好，拿起"拉巴特"，她很快就会找到摩洛哥，把国旗放进去，北欧几国的国旗雷同，成人都很难分辨哪个国家是哪个旗，孙女熟记首都名称，赫尔辛基是芬兰的首都，她能信手拈来——显然，通过记忆的训练，她能在短时间内把知识存储在脑子里了。

记忆力的训练派生出的好处是孙女对新事物的接受度提高了——幼儿园为了培养孩子的勇敢，请了驯马师带马匹来，让孩子们轮流骑马在操场上兜圈，有些男孩都会畏惧不前，她毫不惧怕，骑上马任别人照相，真是个"女汉子"。

纵观人的一生，智商是固定不变的，还是可以通过努力得到提高的？这是一个专家们争论不休的话题。但是，争论归争论，大家有一个共识，那就是智商很大程度上是由遗传因素决定的，客观环境、后天努力是点燃遗传因素的关键，尤其是在学龄前的年段，那时候，孩子们的大脑具有很好的可塑性。

学双语要趁早

孙女6岁了，她在美国出生的，父母亲自她出生之日就同她讲英语。在她2岁半时，家里送她去了一个华人办的学前班，用中文讲课的。至今，她居然也能够用比较标准的普通话朗诵一首儿歌，还得到老师的夸奖。

孙女的中文进步要归功于我的老爱人，她英语不大灵光，就不断地和她讲中文，孙女听不懂，急得哭了几次，好在我随时做翻译。慢慢地，老爱人和她讲中文越来越顺畅了，孙女虽然讲的是"洋腔"中文，但好在她一有机会就讲，显然，她对于学另一种语言的积极性很高。

我一直在想，如果从孙女出生之日起，父母亲中的一个人对她讲英文，一个人讲中文，岂不更好？她岂不是有了一个舒舒服服的语言环境，可以自由地发挥？

确实有人持这样的观点，如果要培养孩子讲双语，就应该在

"呱呱坠地"的时候开始。而且,家里还要订立一定的规矩。孙女所居住的小区有一户人家,父亲乔瓦尼祖籍意大利,是一位计算机软件工程师,他对两位7岁和10岁的女儿讲意大利语;她们的妈妈来自西班牙,她们和妈妈讲西班牙语,全家在一块儿是以讲意大利语为主;当然,在公众场合,女儿们自然地就说英语了。

乔瓦尼告诉我,为了让女儿不忘记祖籍语言,他的规矩是如果女儿和他说英语,他就不搭理,当然也不发怒,直到女儿改说意大利语。两位女儿形成了习惯:爸爸就是意大利,妈妈等于西班牙。

我觉得很有趣,就问乔瓦尼:你们女儿的英语水平是不是受到影响呢?他说在词汇量和语法上会有点落后于其他学生,但是老师说了,她们到七年级时会赶上来的。他还告诉我校长要家长帮助女儿训练英语字母拼音的技巧和注标点符号的规则。

很显然,比起长大之后苦学一门外语的孩子们,在英语上的稍稍落后真是太值得了。乔瓦尼说他10岁的大女儿在五年级时就成为班级的"英文—西班牙语"的"常任"翻译,而且乐此不疲。当然也有不尽人意之处,当女儿和母亲用西班牙语交谈时,乔瓦尼说他会觉得被排除在外了。

他乐呵呵地说:"如果我不重要,你们就讲西班牙语吧,只要谈到足球时讲意大利语就行了!"

像其他家的孩子一样,孙女也喜欢看电视,我们觉得安排好看电视的时间有助于她练习中文,她妈妈经常给她看中文的

DVD，或者是玩一些中文的游戏，她也知道看中文片时妈妈会同意多看一些时间。她很小的时候就会背诵柳宗元的《江雪》（学前班老师教的），和所有的孩子一样，当她逐渐长大，就忘记了学过的东西，进了学校后要她背唐诗更是难上加难。

　　但是，我一直在和她玩唐诗的接龙游戏——我读"月落乌啼"，她接"霜满天"；我读"沧海月明"，她会很快对口"珠有泪"……至今，她已经会接龙几十首唐诗了，依然兴致很高。我们不指望她理解这些诗的含义，就是希望让她知道世界上居然还有这么美好的诗篇！

父母之过？

　　孙女进了美国的一所公立小学，不过她还是学前班，相当于我们通常说的大班。某日，上课时忽然有收到短信的声音，原来是一位小朋友把手机带进了教室。这个消息使我们不安，因为我们生怕此风蔓延，孙女也会和父母吵着要带手机进教室，这样势必会分散她上课的注意力，岂不糟乎。

　　幸亏这种情况没有发生。学校颁布了规定：禁止带手机进教室。我听说，美国的中小学带手机进教室的现象十分普遍，老师上课时，学生的手机屏幕不时被短信闪烁。据老师了解，大部分短信是父母亲发来的，学生一旦收到，尽管内容无足轻重，也觉得必须回复——这样一来一去，几近不可收拾，老师们为之大伤脑筋。

　　该校校长告诉我：学校的新规定是所有家长要和孩子联络，只能打电话到办公室，再由接电话的老师转告。校方预先估计会有大量电话进来，还特地增加了人员配置。不料来电数量并不多，说明以前家长频频发短信，大都是一些无关紧要的事情，诸如"今天下午你的叔叔来接你""我去 Target 买东西，你要什么？"等等。

在一次家长会上，校方还向家长发出"调查问卷"，结果家长们对"教室无手机"的规定大都表示支持，校长说新规定实施以后，老师普遍报告说学生们上课更专心了。

那么，孙女班上的那位小朋友为什么在学前班就要带进手机呢？其实事出有因。原来，这位小朋友是从佛罗里达州的帕克兰（Parkland）搬家到加州来上幼儿园的，2018 年 2 月，帕克兰的一家高中发生恐怖袭击，造成 17 人死亡。他的父母对此枪击事件心有余悸，所以要孩子上课带手机，万一有事可以和父母联系。

孙女所在的学校已和一家专事安全保卫的公司合作，每隔数周，学校就要举行地震、火灾以及突发事件的演练，其中重要的一条就是每当发生意外事件，告诫学生必须听从老师的指挥，有序地转移至指定地点。如果在这时忙于给父母发短信，反而有悖安全撤离。

一位朋友的夫人在旧金山湾区的一所高中当教师，她告诉我她的班级试行每天整个教育时间段禁止学生使用手机，原先认为高中生一定是互相发社交短信，经过调查才知道大部分的短信都是父母亲发的。"禁令"实施一个月后，学校进行了匿名的抽样调查，发现班内同学在午餐时间的交际更为活跃了，考试成绩也更好，现在这所高中已经全面实行禁止在教育时间使用手机了。

回收梦想

　　高考尘埃落定，莘莘学子如释重负，憧憬着一个彻底放松的暑假。做父母则不然，他们依然忧心忡忡，担心着孩子能否考中心目中的重点大学。数周前《新民晚报》有一篇评论文章，说是深圳一所民办学校，与河北某著名中学以合作办校为名，从该校引"清北临界生"，"清北"——"清华""北大"是也。这些学生在广东参加高考，录取分数线比在河北考要低，录取概率大得多。

　　这种"高考移民"，可谓趣事一桩。不过我听到过更为奇葩的。有一位美国妈妈，对女儿考大学一事是"事必躬亲"，连入学申请表格也帮女儿代填。结果女儿迟迟等不到入学通知，这位妈妈一次又一次打电话给学校询问，校方告诉她是女儿的成绩单和申请表上的信息不一致。

　　原来，这位妈妈太沉浸于女儿的事宜，以致在申请表上错填上了自己的名字。其实她的女儿各方面都不错，即使妈妈什么都不管，她也照样能被学校录取的。

做父母的希望孩子受到好的教育，有一个美好的前途，这是很合情理的。但是时下的问题是众多父母过多地、过早地规划自己的孩子——从幼儿园开始就是一周几次兴趣班，平时除了学习还是学习，高考时为了进名校不惜"移民"，上述深圳民办学校之举，仅是其中的一个例子。前几年，更有家长把孩子的户口迁到西藏、青海、新疆、宁夏等有国家政策扶持的地方去参加高考。

"规划孩子"之所以普遍，有其社会原因。有一种称谓叫"回收梦想"——父母亲年轻时没有读名牌大学，就千方百计地想让孩子进清华、北大、复旦……他们把自己的身份和孩子的融为一体，把孩子的成功看成是自己的成功，显得自己在邻居、同事、同学中有面子。

现今六十岁到七十多岁的人，他们的正规教育受到十年浩劫的影响，蹉跎失意了大半生，寄希望于自己的下一代上名牌大学，这个年龄群体的"回收梦想"特别强烈。二十年前参加同学聚会，餐桌上的话题几乎都是某某的孩子考上了 XX 大学，某某的女儿托福考了 620 分，等等。

聚会中只要有孩子考取复旦、交大，有孩子被国外名校录取，做父母亲的就兴致极高，滔滔不绝地以孩子的成绩为荣。这不足为怪，问题是这些聚会的话题往往会引发互相攀比，会给孩子年龄尚小的与会者无形的压力，最终，这种压力会转移到他们的孩子身上。我有一同学的女儿当年准备读护士学校，因为有助学金。她的母亲受到同学聚会气氛的感染，执意"回收梦想"，一定要女儿改变志愿，去考名牌大学。

家里吵了一架，女儿胜利了。现在她是上海某三甲医院的护师，两次被派往国外培训、工作，还出版了一本专著。其实，读名牌大学和职业生涯的成功并不能画等号。有一篇研究报告谈到：职业生涯的成功，更多取决于学生对所读专业的喜欢程度，他（她）们在学校和教授、导师建立的良好关系，以及他（她）们对学校研究项目、课外兴趣和实习的热衷程度等。

一起吃晚饭

如果问我童年时对哪件事印象最深，那就是每天晚上一家人必在一起吃晚饭。我家一张红木的八仙桌，四周放八只骨牌凳，祖父、祖母是一家之老长辈，坐朝南的位置，父母亲则坐在祖父母的右侧，子女坐其他两侧，我是父母最小的儿子，固定坐在朝北靠右的位置。

家里如果有客人来吃饭，那我就要让位，坐在旁边的小桌上吃，记得那时候，坐开吃饭是我最不情愿的事，因为合家围坐晚饭在我心目中似乎是一天之盛事，动摇不得。当年，凡是遇到学校下午放课后有活动，我在晚饭时分必回家，如果去看电影，从来不买第三场（大约6点或6点半开映）的票，为的就是不错过全家一起吃晚饭的时光。

长大了，家庭的规模逐渐变小，我也不再需要坐开吃饭，但是我们全家一起吃晚饭的常规依然保持不变。然而，最近几年的情况彻底变了，大家都似乎太忙——忙工作，忙看手机，忙发微信……全家一起坐下吃饭几乎成为一种奢求。

这种所谓的"忙"，越来越变成一种常态，似乎是花点时间和家人交谈而不马上回微信是浪费别人时间了。所以，很多人的实际生活状态就是更在乎远在别处的人，而忽视了眼前的亲人。

科技高度发达的网络时代，信息最重要，这一点毋庸置疑。问题是人们不由自主地把及时获得信息放到了至高无上的地位。其实，获得信息的重要绝对不等于说面对面的沟通不重要，恰恰相反，它可能更为重要。研究早已证明：面对面的沟通不仅是幸福生活、美满婚姻的保证，更能减少罹患抑郁症、焦虑症，以及老年性痴呆的风险。

要做到面对面的沟通是需要创造条件的，让全家围着桌子一起吃晚饭是个极好的选项，日常生活极为忙碌，每天都在一起吃晚饭肯定是不现实的，但至少可以安排每周有几次。规矩一旦订立，上班族或可在上下班时间上作些微调，尽可能在这天早点回家和配偶、孩子一起晚饭、聊天，不亦乐乎！

如果在家吃晚饭难以办到，那不妨尝试全家一起用早餐，或者星期六上午举家外出吃早中饭，当然也可以把星期天晚上阖家晚饭的规矩雷打不动地定下来。

显然，一起吃饭不仅仅是为了吃，其终极目的是大家可以在餐桌上交谈，彼此了解家里的每个人过得怎么样，有什么问题需要解决。如果你的女儿平时是多嘴多舌的，今天忽然沉默寡言，你就可以问她："今天怎么啦？学校发生了什么事？"等等。当然，大家最好有一个共识：吃饭时关掉电视机，准备一个精致的小竹篮，把每个人的手机置于静音位置放进去。

给孩子智能手机?

一位美国回沪的朋友说起：以往，美国的父母亲经常讨论的问题是什么年龄可以给孩子汽车钥匙，现在，他们面临的问题是什么时候应该给孩子以智能手机。这个看似简单的问题其实并不容易找到答案。

给孩子汽车钥匙似乎有相当的风险，不过它有法律的硬性规定，美国有些州就明文规定 16 岁才能开车，而什么年龄可以持有智能手机却并没有可以援引的规定。

有人做过调查，在 2012 年，孩子拥有智能手机的平均年龄是 12 岁，现在大约是 10 岁，互联网安全专家估计不少家庭在孩子 7 岁时，也就是上二年级时就让他们有自己的智能手机了。目前的趋势是年龄还会降低，许多父母对孩子吵着要看自己的手机感到厌烦，干脆让孩子有一个自己的手机算了。

当然，不是每一个家庭都是这样。我有一位美国同学就有一个家规：孩子必须要到进了高中才能有自己的智能手机。他的观点是只有到了高中这个年龄段，孩子才有了足够的成熟，懂得如何自律，也懂得了人和人之间面对面交流而不是单纯的网上交流的价值了。

当然，每个孩子趋于成熟的年龄是不一样的，孩子是否有责任感，是否有足够的自律远比抽象的年龄重要。有人征询了互联网安全专家，调查了已经有智能手机的孩子，也采访了孩子的家长。所得结论肯定让智能手机制造商大为不满——那就是：越晚给孩子智能手机越好。

有一项规模较大的调查询问了1 240位父母，也包括孩子，结果是50％的孩子承认他们沉迷于智能手机；66％的父母抱怨孩子过多使用手机，而在这个66％中，有52％的孩子认可父母的说法；36％的父母说他们几乎天天都要和孩子争论过多使用手机的问题。

从生理学角度来看，人大脑中前额皮质的发育要到二十四五岁才完善，前额皮质有控制冲动的作用，所以早早给孩子手机的父母一旦发觉孩子缺少控制冲动的能力，就不应该感到惊讶。

不能否定智能手机有众多益处：孩子可以通过它进入各种应用程序，如教育辅助资源，和朋友联络，以及通过网络获得各类信息，等等。但是，一旦拥有智能手机，离开诸多"儿童不宜"的东西也就是一步之遥了，如性短信、性图片、宣扬暴力的游戏，以及混迹于社会的图谋不轨的人。所以，总体来说，过早给予孩子智能手机肯定是弊多利少。

我听到过一些家长说起，给孩子智能手机时设定限制条件，如在餐桌上不能用、教室里不能用等等，有些智能手机设有"限制"这一功能，父母可以进入菜单关闭不想让孩子涉及的网站。有些家庭还和孩子签订纸面协议：诸如不能玩裸体自拍，不能和网上的陌生人见面等，如有违反手机将被收回，孩子必须在协议上签字。所有这些，说明这个问题已经引起了社会上广泛的关注。

升职的烦恼

　　每个人都期盼职位得到提升。通常，担任更高的职位意味着更高的薪酬、更多的福利。但是，你是否有这样的体会，随着职位的提升，烦恼也接踵而来呢？

　　原来和你一起外出吃午饭的同事不再出现了，你可以从窗口看到他（她）们和别的同事说说笑笑地去公司对过的饭店吃海南鸡饭；同事们不再邀请你参加他们的生日聚餐；当你走进房间，谈话、说笑、喧哗骤然停止了……

　　所以，升职有升职的烦恼：你容易为孤独所困，你需要调整和同事的关系——他们原先是你的同僚，一夜之间成了你的下属；或许，你需要拓展新的朋友圈，也要和管理层的人建立联系。

　　我看到过一个调查报告，说是在过去的 7 年中，1982 年以后出生的人职位提升的次数是比他们年长一代人的两倍。这些相对年轻的"经理"，受到同僚突然的"敬而远之"，内心肯定会震动。他们亟需理解昔日同僚的心情——他们错过了提升的机会而充满失落感，所以有些过于敏感的反应也很正常。

"新科经理"往往会想当然地认为自己之所以得到提升，是因为工作能力强、自信心足。他们不经意地认为这些个人的特点在当上经理后依然有效。这种自以为是、依然故我的态势也会造成和下属疏远。

我的体会是：不要认为自己的地位高了，下属就应该向自己汇报所有的事，自我膨大、过于自信是遭受挫败之源。作为公司管理层的一员，他所要做的是激励下属，应对挑战，帮助员工提升技能。

那么，升职以后，是不是要保持原先的习惯，照例和下属"混"在一起呢，比如说一起午饭，一起聚餐、一起"斗地主"等？也不尽然，这里有一些分寸需要掌握，因为每次活动总会有人不参加，那些不参加的人就会觉得自己被另眼相待了。所以，升职以后和原先同僚的交往，要避免显示出偏爱某些特定的人群，也要注意不要让某些人有失落感。我尝试过和突然成为我下属的同事面对面地交谈，告诉他们由于自己职位上的变化，和他们一起外出午饭的机会将会少一些，同时希望他们继续像以往一样和我交流信息、向我提供建议。事实证明，将变化如实地告知团队比"什么都和以前一样"要有效得多。

升职带来的一大后果是：管理层那些和你在同一级别的人会"欺生"，对你不友好，甚至在会上公开顶撞你这个"初出茅庐"的人。这时候，冷静是最重要的，在你的团队以外拓展知心朋友很重要，当你需要帮助的时候，他们能挺身而出，或者他们至少可以是听你倾诉的人。

积极乐观地追求生活中美的东西——健身、音乐、阅读等，在高一级的层次上逐步建立人脉，以求职业生涯的下一个突破。那么，升职的烦恼肯定是暂时的。

职位越高，时间越"多"？

有言道：职位高的人、掌握权力的人认为他们的时间比别人的多。

这看似荒唐——时间对于每一个人都是平均分配的。但是，位高权重的人会觉得他们能够更好地支配时间，尽管他们手腕上的表"嘀嗒"的速度和下属的表是一样的。上述结论来自一项名为"老板效应"的研究，旨在探索职位高的人是如何塑造他们的时间观念的。

时间观念的体验不同是生活中常有的矛盾之一。例如：拓展业务、招聘、收购公司、公司与公司的并购等，在做计划时肯定要考虑多长时间可以完成，大家会展开争论，因为完成项目时间的长与短会直接影响到公司的赢利或亏损。在考虑所需时间时，执掌权力的老板们往往会比较乐观，这也说明了为什么有权的人往往会向别人作出过多的承诺。

再看日常生活，参加午餐聚会、外出旅游、参加活动等，位高权重的人大都会迟到。排除了礼仪、生活风格（比如说喜欢"搭架子"）、交通拥堵等因素，这些人大都认为自己的时间十分充裕。

有一个实验十分有趣：参加的人每两人一组，面对面，一人扮演老板，另一人为职员。问卷上有如下题目："时间悄然过去了""我的岁月无穷尽""我有足够的时间完成这件事"，然后要求每人为自己评分。

为了烘托气氛，主持实验的人特地为"老板"安排一个较好的带有靠垫的座椅，还特地把"老板"的座位放置在讲台上，有一种居高临下的态势。实验的结果是，那些觉得自己更有权势的人认为自己有更多的时间。

人们可能会问：是不是通常说的"生物钟"在作祟呢？是不是那些"老板"们的"生物钟"走得慢一些呢？专家们认为不然。他们认为人脑不具备时钟的功能，时间在人脑中仅能分解为各种活动模式，如睡觉、跟随音乐的节拍等等。相反，人脑会根据人的身份、地位、情绪、年龄、生活压力的状况来扭曲时间观念。有实验显示：人们能够探测到五十分之一秒的间隙，而对于超过预计时间15％或更多反而浑然不知。随着年龄的增加，人对时间的掌控越来越差，甚至于发展成老年痴呆、精神分裂等症状。

"老板"觉得时间"多"，这纯粹是主观的感觉，能否找到客观依据呢？这是科学家面临的难题。有一种解释是这样的：做某事时，脑细胞会大量地消耗以释放能量。身居高位的人，只不过是掌管这件事，并不实际参与，他们消耗的能量有限，所以感觉上时间似乎很多。

当年我实际经历过的一件事可以证明这点。在建造某工厂时，我公司的上层、决策者对工程进度非常乐观，他们大大地低估了建成投产所需要的时间。很显然，有权势的人会很自信，他们一件事成功了就认为每件事都会成功，他们认为自己可以做成超越自己能力的事，而对于可能出现的障碍漠然置之。

"准时"的迟到

守时，被列为人生最重要的价值之一。然而现实生活中的迟到、失约频频发生。当年我任公司 CEO 时，每两周必开一次管理层的圆桌会议，有 10 人参加，有一位女士几乎每次会议都会迟到。

迟到者浪费了别人的时间，这是不言而喻的。问题是其他人在等待的时候，往往是闷头做自己笔记本电脑上的事，甚至给客户打电话，这就分散了开会者的注意力。还有更糟糕地，那就是开会迟到实际上是一种传染病，不多久，除了那位老牌迟到的女士，另一位部门经理也开始迟到了。

我尝试过"按时开会"的手段，希望迟到者有所愧疚，再说缺席部分会议对迟到者也算是一种惩罚。但是这种惩罚并不奏效，因为总有人会把迟到者未参加的部分补充给她（他）听。可以说，在我的任内开会迟到的问题从未真正解决。

有趣的是，那位老牌迟到的女士，她的迟到非常的"准时"，每次都掌握在大约晚到会议室5—6分钟。有一次我和她聊天时谈起这个话题，她说：十年前她在某国企上班时，有一个不成文的规矩就是晚到不超过7分钟是可以接受的，所以她计算帮孩子穿衣、吃早饭、路上所费时间等都是以"迟到7分钟"作为标准的。

这种"准时"的迟到，实在令人不可思议。几年前，有人对办公室的迟到现象做过研究，发现迟到引起别人的反感，仅次于"散布流言"，高于"办公桌凌乱""喧哗"和"刺鼻的气味"，甚至于有过偶尔迟到的人，他们也反对别人迟到，这就可以解释当年我的"按时开会"，是得到大家的赞同的。

研究还发现，迟到有其心理上的根源，那就是遇事常会焦虑，倾向于回避。有趣的是，这些人对于乐于接受的事，比如说看戏、聚餐等也是拖拖沓沓，这就只能用"瞬间使然""本能反应""不到最后的截止时间不会有积极性"等来解释了。

多年前，南美某国搞过一个声势浩大的"反迟到"运动，总统也到场造势，结果闹出"乌龙"。原来，这个活动的组织机构发放的邀请函，直到活动结束很久了才送达。另外一个国家曾经宣布过一个名谓"准时周"的活动，结果，该国的前总统在那个礼拜会见红十字会的负责人时，竟然迟到了一个小时。

有一位银行高管，想出了一个人为的"提前截止期"的办法，称某高管要何时何时看到报告，但是员工不买账，因为截止期的作假太明显了。

所以，要纠正迟到现象，许多人，包括我自己，都遭受过败绩。最令人失望的是，迟到的人很容易改变准时的人，而不是相反。好消息是，我公司那位"准时"迟到的女士，很快就改正了迟到的习惯，她告诉我，她每天早晨闹钟拨快了 10 分钟，为的是给两岁的儿子穿袜子有足够的时间。我给她点了赞，不过她告诉我：如果会议不怎么重要，她或许还是会迟到一会儿！

讲真话有学问

在公司里对上司、对同事讲真话应当受到鼓励，不过，如何讲才合适是一门学问。

二十几年前，我在某外企任市场主管，从香港新派来了一位总经理，他声称欢迎员工对他的管理方式、所作决定提意见，表达不同的看法。员工们将信将疑，后来的事实证明，这位总经理所谓的欢迎讲真话是一个幌子，他是一个能力平庸、心胸狭窄、锱铢必较的人，几位轻信其宣言、表达不同看法的员工无不一一"挂冠"而去了。

当然，也有人是真心实意欢迎员工们的真知灼见的，我认识一位瑞士籍的CEO，他属下的一位产品经理提出一个方案，在销售产品时附上一个醒目的标记，提示客户用完后要扔入"可回收"的废物箱，有益于环保。不料在管理层会议上被CEO否决了。会后，产品经理来到CEO的办公室，再一次提出并坚持自己的看法，她的方案被采纳了。

这位瑞士朋友告诉我，他在会议上否定了方案，其实是考察员工的一种策略，要看看她是否能坚持自己的观点，是否敢于对老板的决定持异议。自此以后，这位产品经理被连续提拔两级，现在她已经成为这家公司的亚太区品牌总监了。

大凡工作中碰到问题，率直的讨论有助于问题的解决，而要做到这一点恰恰是很不容易的。特别是在一些高科技公司，其组织架构呈扁平形，工作压力大，员工为完成业绩必须依赖团队的努力。他们常会担心贸然讲真话容易引起同事之间的冲突、挫伤感情甚至被他人视为做了蠢事。

所以，在表述自己的看法时需要一些语言技巧，如："我有一些想法想和你说，现在提出来合适吗？"用这样的语气比直接讲出意见要好。如果谈话的对方是你的上级，你可以表示一下谦恭，在正式谈话开始前说："我肯定你已经想到了这一点……"这样，你的上司听了舒服，还觉得有面子。

公司的 CEO 要主动要求员工讲真话，即使员工讲得并不对，也要耐心听完。当初我工作的公司每个月第二周的周二有一个管理层的会议，我把它定名为 Roundtable（圆桌会议），议事日程上必有一项叫 Blue sky（蓝色天空）的，就是让大家各抒己见，充分展开讨论。退休以后，我的继任者依然因袭了圆桌会议的做法。

讲真话时要避免伤害别人，不要贬低、为难甚至恐吓别人。你需要对谈话的对方有足够的了解，有些人能接受比较尖锐的话语，而有些人则需要用婉转的表述。比如与其说"你太草率了"，不如说"你工作太累了，可能没有发现这个地方出了错"。

外资企业最重视的是销售业绩，我原来任职的公司几乎每个星期都要汇报销售指标完成的情况。有位销售经理的团队在某年第三季度经受了较大的人员调整，他做了一些客户经理的更换，却羞于对我直说，眼看全年销售指标无法完成，我问他究竟发生了什么，他辩护说更换客户经理是为了符合客户的诉求，以求明年销售做得更好。

我认同他的辩护，销售经理可以根据"战场"的情况作出人事调整，但我希望及时被通报真实的情况。我对他说："未完成销售固然是坏消息，但到了四季度如果给我一个惊奇是更坏的消息。我不会假装高兴地请你喝咖啡。"

即席发言不要慌

参加会议的时候，你的上司转向你，请你对某个问题发表看法，或者在一个公司聚会上，你被要求向聚会者致祝酒辞——这些都属于即席发言。在现实生活中，人们被要求作即席发言的次数远超过事先有准备的发言的次数。更有甚者，每逢即席发言，许多人会感到紧张甚至恐慌。

多年前，我参加过香港一家叫黑岛（Black lsle）的公司的培训，其中有一节课培训师讲到怎样在被要求做即席发言时控制住自己的焦虑，把紧张、恐慌转变成对自己有利的东西。她还说要做到这点需要一些智慧，也需要平时不断训练才能遇事不慌张，且能简单、清晰地表述自己。

做好即席发言之所以重要，是因为如果表现糟糕的话可能对仕途、职业生涯等造成负面影响。我原来公司有一位部门经理，各方面都不错，一次公司总部有人来访，他按计划做了一个不错的宣讲，但在接下来的"答问"的环节上遭遇"滑铁卢"，回答问题时漫无边际，有时还自相矛盾，他就此失去了在公司继续得到提拔的机会，悻悻然辞职而去。

研究显示，人的思维在紧张时会出现认知障碍，大脑被潮水般的想法所淹没，使人不知所措。有时，人会本能地想掩盖一下自己尴尬的处境，就讲个轻率的笑话，结果弄巧成拙，使情况更为糟糕。

要做到即席发言不慌张并不容易。首先要做到的是镇静，不要让焦虑累积起来致使局面失去控制。其次，要有意识地将焦虑转化成动力，使自己兴奋起来——2014 年有一份研究报告说：如果讲话的人兴奋、情绪高昂，给听众的感觉是他很自信、他的讲话有说服力；不要聚焦在如何使自己显得无懈可击，而是聚焦在听众身上，聚焦在把该讲的话讲好，给听众以足够的信息。

用一句"我真的非常高兴，因为 XX 要我讲话……"作为开场白会和听众拉近距离，也为自己赢得了斟酌讲话内容的宝贵时间。几乎所有的培训老师都会这样说：讲话要简洁、明了，语速要慢、用平时讲话的语调；不要企图表现自己，要考虑听众想听什么，你就讲什么。

那么，如何构筑你的讲话呢？记得当年黑岛的培训师讲过一个"三步法"，用此来构筑讲话。所谓三步法是：What，So what，Now what，意为：问题的要点是什么？为什么这个问题重要？下一步做什么？

参加会议时思想高度集中，永远做好即席发言的准备，一旦被点到名就不会手足无措。要想做到讲话到位，没有捷径可走，唯一的办法就是平时多练习。朋友聚会、饭桌上的聊天等非正式的场合都是训练自己即席发言的好机会；如果用外语发言，那么，即席发言时慌还是不慌，更是取决于口语水平、表达能力、词汇量等要素，这里就不细说了。

"失约"了怎么办？

答应别人赴会而未赴会，就构成"失约"。一般认为，"失约"是社交上的大忌。造成"失约"的原因很多：生性健忘，答应约会时漫不经心，或者是在别人邀约时不好意思说"不"，等等。

当今互联网时代，人们通过数码工具频繁约会，"失约"更是屡发不止。有人做过测试，用人工智能软件进行的约会，约有17%最终需要重新约定，而真人组织、安排的会议，重新约定的比率也很高。

有一个所谓"解释水平理论"是这样分析"失约"的：当你和别人约定的时候，这一事件似乎还很遥远，约会是一个抽象的东西，而当约会迫在眉睫时，你才会考虑实际的情况。比如说你请朋友吃饭，当初约定时觉得很好，但当时间迫近时，你可能会考虑那天是否有足够的时间，吃饭可能会花费不少钱，等等。

"失约"一旦发生，就对另外一方构成了两方面的冒犯：你没有把计划的改变及时和对方沟通，使对方无法应变；以及，你在交际中显得不诚恳。

　　正确的做法是应当尽早地通知对方，自己因为时间上的冲突可能无法赴约，并且主动地、诚恳地承担起"失约"的责任。我有一个亲身经历——那天临近中午时分，我在医院探望一位病人，忽然想起我和两位老同学约好在"苏浙汇"吃午饭，其中一位同学刚从国外回到上海探亲。更糟糕的是这个聚会还是我发起的。

　　当时手机还没有普遍使用，我匆匆赶到饭店，两位客人已经点了菜。我向他们道了歉，承认这完全是自己的疏忽，我还告诉他们我不得不在几分钟以后离开，赶回公司开一个重要的会议。诚恳的道歉得到了老同学的理解，其中一位还宽慰我说，这样的事也曾发生在他的身上，他很高兴我们能在上海见面。

　　熟人之间的"失约"或许还可以补救，但如果对方是陌生人或者是你业务上的合作对象，那麻烦就大了。美国一位叫凯文·克鲁斯的社会学家写过一本书叫《成功人士的 15 个秘诀》，把"守约"列为人生最重要的价值之一。他建议忙碌人士用日历而不要用"to-do list"（"要做的事"）来做个人备忘录，因为用日历便于你估算完成一件事所需要的时间。

　　偶尔，"失约"会带来一次更好的约会——有一次，一位好朋友约我喝下午茶，他"失约"了，也没有事先通知我。过了一个月，他执意请我吃了一顿丰盛的晚餐，以弥补前次"失约"的过错。

角色换位

当我们劝说别人去做某事时，往往会自觉或不自觉地用"角色换位"的做法。比如说，当你用英语写了一封信，对自己的英语水平又不十分有把握，希望请一位英语更好的同事润色一下，你会对这位同事说他的英语水平是全公司最好的，发信前一定要请他先过目；如果你希望一位经常一起聚餐的朋友去尝试一下新开张的印度餐馆时，你会说："你是美食家，一定要去试试那家餐厅。"

这种"角色换位"的技巧，有点像是唤起对方的荣耀感，让他（她）心甘情愿地去做某事。心理学家早在20世纪60年代就开发了这一理论，但自此以后对它的研究并不多，这可能是因为要把"角色换位"的议题在实验室一一复制的话需要极大的人力资源。但"角色换位"在现实生活中被广泛地应用着，用它特别多的是广告商、理财经理、父母亲、心理治疗师，以及配偶之间。

"角色换位"有两种类型：一种是不需要行为上有任何改变，只要将对方冠以一定的角色，前文所述"英语润色"的案例即属此；还有一种是不用言词而用行为来"角色换位"，比如你希望配偶做饭，你可以自己先尝试做，当你手忙脚乱地找不到饭菜的原料时，配偶就会过来帮你做饭，你成功了！

有人把"角色换位"比喻为种树前的盆土，这是很确切的，园艺学家都知道，不管种子多么优良，一定要有好的土壤才能长出好的东西。

那么，"角色换位"是不是构成一种损人利己的操纵手段呢？这要具体分析，有时还要取决于你试图施加影响的对方是如何看待你的"角色换位"策略。如果是出于自私的心理给对方设一个套，那是万不可以的。所以，用"角色换位"策略的前提必须是你把对方的利益放在首位，给对方的角色必须是正面的。

最近有一个实验，某大型社区的调解员每天要接到许多电话，讲电话的人大都抱怨和邻居的纠纷，情绪往往激动非凡，当调解员建议他们和争执的对方直接对话时，他们大都一口回绝。然后，调解员问："那么，你是否愿意和对方调解呢？"几乎百分之一百的回答都是"愿意"。主持这个调查的一位英国心理学教授认为，"愿意"一词只有在先前的请求被拒绝后才会奏效，她建议在作劝说时要多用"你是否愿意……"的句式。

这种句式更适用于正式的请求，例如："你愿意陪我去看心理医生吗？"如果你说的是："你愿意帮我倒一杯水吗？"就显得有一点小题大做了。

　　"角色换位"还是一种很好的教育手段。记得在上小学二年级时，我们的班级是全年级清洁卫生搞得最好的班级。班主任吴老师从来不跟我们说大道理，每周六是教室大扫除的日子，她总是笑容满面地对我们说："校长和老师都夸奖我们二甲班的同学卫生搞得好！"同学们受到了鼓励，就把大扫除搞得更好了，吴老师年逾90依然健在，她不但教书好，还深谙"角色换位"之道。

如何公开秘密？

　　每个人都会有一些秘密不愿意告诉别人，有人做过研究，说是大约95％的人都有一些个人的事情不为别人所知，至于其余的5％，研究者认为受访的人没有如实陈述。研究还发现许多人都在"挣扎"着是否要公开秘密，以及何时公开，怎样公开。

　　绝大部分的所谓秘密，都不会是值得媒体报道的，但是它们也不是区区小事。生活中人们严守的秘密，往往是一些不十分光彩的事，或者说认为别人知道了会看不起自己的事，比如财务状况吃紧、婚外恋、严重的慢性病，以及赌博、看黄片等不良嗜好等等。

　　有人对自己从事的工作保密几十年，直到退休其配偶也浑然不知对方在干些什么，这可能是工作的性质极为特殊使然，不属于本文讨论的范围。我听到过一个"把秘密带入坟墓"的故事。一位前同事的祖母活到95岁的高龄去世，大家一直以为她的祖母年幼时丧母，父亲决定不抚养她，成了孤儿。不料在出殡仪式上我的同事发现她的祖母曾和其父亲在安徽某地生活，还有11位弟妹。那位同事很生气，觉得这件事对于她先期去世的父亲不公平，因为他根本就不知道他的母亲竟然有这么大的一个家庭。

没有人知道她祖母为什么要保守秘密直到去世，我的猜测是她在长大的过程中肯定有过不寻常的痛苦经历，因为她的后妈只比她大3岁。我不认为那位祖母保密终生一定是错的，也许她有过缜密的考虑，觉得保密是为了保护她所爱的人。

电影、电视剧都是靠秘密来制造悬念，起到引人入胜的效果，但是在现实生活中对自己所爱的人保守秘密可能要付出情感上的代价，也会影响双方沟通的方式。试想：如果你对同寝室的室友隐瞒了你的年龄，你讲话时必需处处设防、欲言又止，长久以往肯定会影响相互关系。

据专门研究秘密的人称，保守秘密并非都是消极的，但是当人们一旦有秘密在身，就会经常想到这件事，身心会处于紧张的状态。要克服这种状态，最好的办法就是公开这个秘密，身心紧张也就不治而愈了。

有一对夫妻离婚后，男方蓄意报复了一下——他利用去探视孩子的机会去女方的家，拿走了女方客厅里的一个名贵的瓷盘，这个瓷盘是男方当年作为订婚礼物之一送给女方的。男方把瓷盘扔入小河，他顿时有了一种快感。

随着时间过去，男方开始觉得愧疚，特别是当他想到前妻找不到瓷盘时会有什么感觉时这种愧疚更甚。在一次家庭聚会（离婚五年后）上，他把这个秘密告诉了前妻，她的震惊和愤怒是可以想象的，但是他说他能够感觉到前妻还是很赞赏他的诚实相告。

当然有些秘密公开了反而不好：如果你十年以前有过一段秘密的婚外恋，现在事过境迁，你和妻子的感情也很好，公开秘密岂不是自找麻烦吗？公开秘密之前，需要权衡是不是会给对方带来伤害。所以，单单是为了履行自己道义上的义务，"把压在胸前的石头搬开"，还不足以成为公开秘密的理由。

公开秘密有多种技巧。如果我们判断对方可能会有剧烈反应，我们可以"间接公开"，请第三方来告知对方；有时，我们可以企盼秘密会自动地泄露给对方；还有一种叫"渐进"的公开，就是先揭示一部分，看看对方的反应如何。

有一种婉转的公开，就是假定秘密是别人的。某人曾经吸过毒品，他想公开给恋爱对象，希望对方能谅解，他可以把"如果×××曾经吸过毒，你会和他交往吗……"等作为开场白。把秘密脱口而出在生活中也很常见——这种情况往往发生在双方在激烈争吵时——某方极为生气，为了火上浇油，干脆把秘密说出。

当然，最好的、最直截了当的公开秘密，就是平静地向对方和盘托出，重要的是要让对方知道为什么要告诉他（她）——这是一种信任，也是一种对双方关系的珍视。

分析措辞

　　网络时代，人和人的沟通越来越多地诉诸于微信、短信和电子邮件。这就产生了一个问题，你怎么知道对方的表述是真是假？怎么知道对方是不是在骗你？正因为此，网络上的交友骗局，以谈婚论嫁为由骗取钱财等事件在媒体上频频曝光。

　　有人做过研究，人在网上收读信息时，有一种叫"希望这是真的"的偏向，也就是说，人在收到信息的一开始会倾向于怀疑其真实性，但是往往又会对这种怀疑置之不理，希望信息是真的。

　　人际沟通有很重要的一个环节是和文字无关的，那就是肢体语言——面部表情、手势、语音语调等等。在网络上联络时，这些有形的肢体语言都不存在了，这就造成判断是真是假时缺少了许多线索。

　　缺少线索不等于说没有线索。社会上的好人、讲真话的人是大多数，所以凡是人要说谎时，总会有些蛛丝马迹要泄露出来。经验证明，当某人用稍有不同的语言反复叙述同一件事情时，你可能要提高警惕了。这并非说对方一定是在说谎，至少是说明对方在推销自己说的东西，希望你相信他所说的，如果这件事对他不重要，他为什么要反复地说呢？

还有一种称谓叫"语言距离"。在面对面交谈时，人们话不投机，往往会把两个手臂交叉地放在自己的胸前。当仅仅用文字表达时，他（她）可以用不写下人称代词来达到同样的效果。

例如：你和朋友前一天晚上玩到深夜，次日你发短信给他："昨晚我玩得真痛快，你呢？"你的朋友可能这样回复你："昨晚真的很有趣。"朋友的回答没有人称代词，很显然他对你的陈述是有保留的。

如果你在短信中问你朋友一个问题，你朋友不作正面回答，却是"顾左右而言他"，这就意味着，他不愿意给你"不"的回答，怕伤了你的感情，也许，他确实有些东西不愿意告诉你。

要判断对方的"不回答"或者是"不正面回答"是十分微妙的，通常要上下文结合起来看，有时还要推敲对方平常喜欢用的词汇，甚至是标点符号都要考虑，对方花多长时间给你回复也是一个重要的参考因素。如果对方平时是快言快语而又注重细节的，这时却变得惜墨如金、含糊其辞，那就要多加小心了。

"应该是""大概""想必是""可能是"这类不确定措辞的出现，肯定是降低了对方来信的可信度。还有许多委婉语的表述方式："小张，你有没有让客户了解了这一点？""我们讨论了许多问题，我一定是提到了这点了。"

从上面的回答，可以肯定小张并没有和客户说清楚。

当对方用"老实说……""就我所知……""我实在不愿意告诉你，但是……"这样的措辞开头时，可以肯定的是对方对接下来要说的东西是感到不舒服的。

所以，当对方的信息使你"感冒"时，最好的办法就是询问对方可不可以改一种沟通方式，比如说打电话，或者是通过"FaceTime"（视频聊天）交谈；如果是对某一具体的物件（比如说账单、收据等）有疑，那么，可以请对方即时发一张照片过来。

谦虚是金

　　林先生是我当年在瑞士公司任职时业务上的伙伴，他在上海注册了一家咨询公司，专门为企业准备录用的员工从专业的角度作评估。我公司凡是招聘部门经理以上的职位，在作最后决定前，都会把材料送给他，请他提出书面建议。

　　那年，猎头公司向我们推荐了一位下属工厂厂长的人选，我把材料送去林先生处作最后的评估，他的评估意见中有一条，认为这位候选人"不够谦虚""缺少团队合作精神"。

　　我感到诧异，因为聘用一位工厂的厂长，谦虚似乎并不是必备的要素，我们更为看重的可能是他的自信和感召力，所以还是决定录用他。结果，这位厂长工作不到半年，就因为和同事相处不好而辞职了。

　　最近我和林先生茶叙，聊起了这件多年前的往事。他说：现在越来越多的公司在录用、提拔员工时都把谦虚作为考核标准之一。考虑到谦虚的人大都十分低调，美国的一家咨询公司还专门设计了 20 个问题，如"工作中你是否听取别人的意见""你是否觉得应当得到比一般人更多的尊重"等，这套测试方法在 2019 年初普遍被当作评定管理层人员是否具备谦虚品质的参考标准。

人们的观念，往往停留在适宜于做团队领袖的人应当引人注目、呼风唤雨、讲话充满说服力的，事实上，具有这些品性的人也容易把事情搞砸。我见过不少个案，有些人往往过于自信，他们喜欢管超出自己能力范围的事，从来不听别人的反馈意见；而谦虚的人，照样可以是极具才华、雄心勃勃，他们不喜欢抛头露面，而是把功绩归功于团队。这样的团队领袖，不仅业绩出色，更可贵的是为下属树立了榜样。

我听到过这样一件事：某外资企业在招聘面试时设下一道"诡计"，布置公司前台接待员和每一位刚刚到达的应聘者闲聊三五分钟，接待员会把印象即刻汇报给面试官员。所以，应聘者不会想到，刚走进公司的门，面试其实就已经开始了。如果你气宇轩昂，对接待员小姐不尊重，甚至不屑一顾，那么你的面试已经减分了。

当年，我应聘一家瑞士公司的管理层职位，面试我的是该公司巴塞尔总部过来的一位总监。他忽然问我工作中是否经历过一些挫折、碰到一些困难？那个时候，中国吸引外国企业投资建厂还处于起步阶段，各方面的规章、政策还不齐全。思索了一下，我如实告诉他，我工作上天天都会碰到困难，同时，天天都会学习到一些新的东西。

在我加入这家瑞士公司以后，这位面试官和我回忆起那天面试时的情景，他说我那天的回答正中他的下怀，因为他认为谦虚和愿意学习是不可分的。

风度和网络风度

常听到说，某某人的风度很好，那么，如何来定义这里所说的风度呢?

风度是一个人的自信、魅力和沟通技巧的混合物，它对于人的社会地位、职业生涯起着至关重要的作用。当今网络时代，工作和居家的界线日趋模糊，社交媒体的流行，使得人们的生活环境朝着"7天×24小时"的方向发展，人们在讲话、在网络联络时面对的不是像过去的"一对一"，而是一个大得多的群体，这就使得在工作、休闲和网络上保持个人特有的风度比以往要难得多。

回忆一下你心目中有风度的人，一些特征可能是共有的——标志性的嗓音、可以信任的神态、柔中带刚的表情等等。那么，这些特征是不是可以培育呢?

有一位专门研究智力开发的专家把如何具备风度归结为三

点：行为、沟通能力和着装。所谓行为，这里强调的是庄重，或许也带一点高傲——这种庄重和高傲来自家学渊深的自信，足以使人遇事不慌，在面临困难决择时举棋若定。庄重的人也会动感情、流泪、表示同情等，但会表现得很得体，不会失态。

人的沟通技能极为重要。把自己的观点有效地表述出来是成功人士必须具备的能力，而有风度的人一定能够在脱稿的情况下把自己要表述的东西非常简洁、有说服力地说出来。肢体语言、眼神接触、用稳定而不夸张的语音语调等都会使讲话者增色。

着装放在最后并不是说它不重要。实际上着装是一个"过滤器"，是风度的第一个测试项目，任何人没有过着装这一关，就已经出局了。男士如果衣冠不整，何来风度？女士的失分则往往在于穿着过于性感，带有挑衅性。现在，办公室的着装要求越来越放宽，比如在旧金山、硅谷的一些高科技公司，穿着邋遢或者穿连帽衫的"小混混"随处可见，对于女士来说要保持风度就更是一种挑战了。

保持风度不容易，而始终如一地保持风度就更难了。试想，你或许能够在每个星期一精力充沛、风度翩翩，到了星期五下午，是否依然如此呢？在人群嘈杂的地铁站，你能够依然故我、不失风度吗？当你意外丢失了行李正在为之着急时，你依然能够始终如一地优雅、知性吗？这是一个巨大的考验！

电子邮件、短信、微信的普及，产生了"网络风度"——网络语言也会体现一个人的风度。坐在电脑前往往会给人一种虚假的自信，一个在实际生活中很内向、很保守的人，在网络上却可以显得很奔放外向，换言之，网络可以使人具有双重人格。

这种双重人格是一把双刃剑。有些专门研究网络的专家警告说：一个人把自己在网络上的表现和实际生活中的自己分离开来会使熟悉他（她）的朋友非常失望，因此，追求"网络风度"很可能以失败而告终。所以，在网络上表现风度，还是要和"真实的你"结合为好。

性格本来就内向的人不要臆想通过网络来展现风度。其实，在生活中，风度是可以向别人学习到的。仅举一个例子，比如参加一个聚会，可以仔细观察和学习主人如何和客人应酬，招待客人如何面面俱到、游刃有余，下一次聚会时你可以同样做到这些，而不需要改变你自己的性格。

夏季着装的"小地雷"

那年夏天，我在澳门离岛（氹仔岛）的威斯汀度假酒店参加一个"高科技企业融资"的研讨会。会后，与会者都去大厅外的游泳池畔喝香槟，一些人，其中也包括发表主旨演讲的美国某投资银行的银行家，穿着游泳衣在池内休憩、游泳。

几天后，我碰巧在南京西路的上海商城邂逅了这位美国银行家，那天他穿得衣冠楚楚、无懈可击，我一时记不起他的姓名，但是他穿游泳裤游泳的印象却在脑海里重现，挥之不去。

职场中有一个常常被忽视的着装原则，一旦你穿着相当于内衣裤的服装出现在你同事面前，那么，你在同事脑海中那个穿着正装的形象就不复存在了。

不要责怪组织这类活动的员工，夏季到来，搞一些"亲水"的集体活动，比如说打水球、沙滩排球等，都是增进员工感情、加强团队合作的好机会。不少公司还会邀请客户参加这类活动，在海滩边可能比在会议室更容易谈成生意呢。但这里有一个分寸要掌握：职场上，人和人感情上的关系是需要保持一定的距离的。当大腿上的胎记、肚皮上的刀疤展示给了对方时，这个距离就不再存在了。

人们肯定有过这样的经历，小时候，看到别人的胎记、刀疤等隐秘东西，就会扭过头去，甚至会"咯咯"地笑。有心理学家为那些特别渴望在公众场合发表讲话的人支招："可以假想听你讲话的人穿的都是内衣裤，你可能就避之恐不及了！"其道理就在于此。

多年前，西方某国一位官员刚刚被任命为情报总监。不料他的夫人在社交媒体上晒出了他在度假时穿泳装和夫人、孩子一起嬉水的照片，引起了轩然大波。因为人们认为在看过这张照片的人心里，这位情报总监就永远不再具有他的职位所必备的冷峻和威严了。

对于女士来说，着装更需注意。社会上对于性别的偏见依然存在。比如，男士穿游泳裤就是穿游泳裤，但女士穿游泳衣却被视若穿内衣裤。参加这类"亲水"、海边的团队活动时，女士，特别是高管级别的女士，以穿紧身长裤，无袖上装为宜，如果是短裤，则不应短于膝上 2.5 厘米。

太阳眼镜也是误区之一。我看到过一位高级行政总裁在户外戴着一副彩色边框、涂反光镜片的太阳镜，颇为花俏。此景以后，他在下属中的威望肯定大打折扣。专家认为，在公务活动中，太阳眼镜的式样一定要保守。

有人会问："我收到的请帖上不是明明白白地写着'请自带游泳衣'吗？"那又怎么样呢？请你带不等于说你一定要带，这些请帖就是夏季着装的"小地雷"！

吃饭有时间限制？

外出吃饭要预订，大家都习以为常了。但如果到了预订时间还是坐不到桌子，这就有点扫兴了。除夕那天我就碰到这样的事，订了晚上 7：30 吃第二批的年夜饭，结果前面 5：00 开始吃的客人逗留到 8：00 还不走。由于饭局开始晚了，一位亲戚回家时错过了最后一趟地铁——这一插曲，给原本热闹的新年氛围带来了一丝不快。

对于生意红火的饭店，店方当然希望桌面周转快，可以多做生意。但是，如果贸然劝客人吃完就走也不合适，这样会得罪顾客。所以在一些特定的时间，如除夕、情人节等饭局高峰时，如何使桌面周转快就成了饭店的一个难题。

要解决这道难题，就要做到既掌控餐厅的流转，又要使客人感觉不到有人在掌控。在国外餐厅吃饭，餐厅对用餐时间并无规定，但也是有大致的限制的。比如冬天吃饭，店方大约掌握 75 分钟吃完，夏天短一些，大概60分钟；又比如说，两个人吃饭一般不应长于90分钟，如果是3—4人用餐则允许延长15分钟，如果点的菜较贵，则饭店会酌延至2个小时。有一个叫OpenTable的订餐软件就是根据以上时间范围来确定下一批客人的就餐时间的。

如果餐厅的环境逼仄，顾客会感到不舒服，往往吃完就走，那就不会有被人催着走的感觉了。有些生意好的餐厅会安排不同批次的客人拼桌，或者是请客人去吧台，坐在没有靠背的椅子上，菜单上的所有菜客人都可以点，其目的也是为了多做生意。

我当年在美国某餐厅打过工，店经理告诉我一个小窍门：客人吃饭时间多长，看他们饭前点什么饮品就可略知一二了，如果一批客人点了一瓶香槟酒作为开场，就可以判断这大概是一个要喝红酒、消耗很长时间的饭局。有时，尽管桌子空着，店经理也会把客人请到吧台去喝餐前酒，然后再请客人入席。他说这样可以省去送酒单、讨论喝什么酒等等，至少可以减少15分钟时间。

英国的一些餐厅，经常是客人一进店门就被请到一个会客区域，侍者送上香槟和一些餐前小吃，客人大都是站着打招呼、寒暄，15—20分钟后再入席。当时我认为这不过是饭店的派头，其实这里面也有节省用餐时间的考虑。

显然，每家饭店都有一些吃饭时间方面的规定，用餐时消费多少肯定是因素之一。在美国，如果你点的是每人125美元（人民币875元）的九道菜套餐，原来2小时的用餐时间会被允许延长一小时。如果有的客人点了墨西哥卷饼、扇贝等，那么就有理由认为他们会很快吃完，如果客人逗留不走，餐厅也不会下"逐客令"，店经理会很有礼貌地请客人去吧台吃一个免费的甜食。上档次的餐厅大都精于此道：赚钱归赚钱，但饭店毕竟不是快餐店。

如你有一个老友聚会，确实希望多逗留点时间，有没有办法呢？很简单，你把吃饭时间订得晚一点，或者你和服务生说要一个位置偏僻一点的桌子，大多数饭店应该是可以通融的。

红酒陷阱

　　一位美国朋友麦克对红酒很有研究，有一次他和我聊起一个叫"红酒陷阱"的故事：他和夫人请一位客人吃饭，那人自称是红酒专家，点了三瓶美国纳帕河谷某著名酒庄的"赤霞珠"红酒，标价逾1500美元。麦克付了账，他对这顿耗费巨大的三人晚餐记忆深刻。

　　我没有遇到过麦克所说的"红酒陷阱"，但是不乏类似的经历。比如说，有一次聚会，一位朋友带来一瓶上好的红酒，但他在聚会上几乎不断地自斟自饮，而不是请大家一起喝酒。我还见到过一种较为隐蔽的做法：当餐桌上有高档红酒时，见到服务生过来斟酒，就赶紧大口把自己杯中的酒喝完，以求服务生把自己的酒杯斟满，使自己的利益最大化。

　　品红酒是一种高层次的生活方式，喜爱红酒的人大都懂得一些礼貌、规矩——比如说红酒是和朋友一起分享的，要先斟给别人，最后才给自己；不应该像饮可口可乐那样大口畅饮，而要小口小口地慢慢品味。上文所举的饮品很坏的人只是少数。不过的确有些只图自己享受，不顾他人钱包的人利用主人的好客或者是商务宴请的机会肆意点价格高昂的勃艮第、波尔多等红酒尽情享受。

那么，如果是你请客吃饭，而你的客人又使你陷入"红酒陷阱"，有没有应对的办法呢？有。比如你请客户，那个人点了一瓶人民币1100元的红酒，你可以很客气地告诉他：这个红酒确实很好，但是它和我们吃的东西可能不相配。同时，你很快招来服务生，请他推荐一个红酒品牌，而你可以有意识地避开客人的视线，在酒单上指向几个价格中游的酒，服务生心领神会客人的意图，他会在你希冀的价格内作出推荐。这样，既体面地招待了客人，又避免了公司的账户被"绑架"。

另外一种"保卫"钱袋而又避免尴尬的技巧是，当你的客人选择了价格高得离谱的红酒时，你不必慌张，沉住气对客人说："我看这个酒的价格定得过高。"然后马上请服务生过来推荐一瓶性价比高的酒，有教养的客人一定会欣然接受服务生的推荐。一个受过专业培训的、有斟酒经验的服务生，不但能为你推荐酒，还可以帮助你摆脱礼节上的尴尬。

当然，最保险的办法是事先点好红酒，客人一到就请侍者上酒。不过这样做会显得不够大气。麦克告诉我，他请客时碰到的贪婪食客只是极少数。有趣的是，当麦克的客人是真正的红酒鉴赏家时，他从来没有遇到过所谓的"红酒陷阱"。

旅游的误区

　　外出旅游的人常会做出一些令人意想不到的事，比如说在时差还没有调整过来时就在一个陌生的国家租车驾驶，和看似可爱的猴子合影结果被猴子咬伤，不听导游指挥擅自离队，等等。一些自以为聪明的人过高地估计了自己的能力，对旅途中的风险估计不足，结果轻者被送进急诊室，重者命丧黄泉。

　　对旅游者的错误判断，心理学家用一种叫"认知偏差"的理论来解释，一些非常有经验、见多识广的旅行家也会因"认知偏差"而误入歧途。比如说，有些人在外非常谨慎，时时提防小偷，防范旅馆发生火灾，也关注数据安全，但恰恰也就是他们，在喝了几杯酒后却会贸然地租了车在外国驾驶——这就是说，人们在一个完全不同的环境中，原先很健全的认知会情不自禁地偏离轨道。

　　另外，在正常情况下，人们对所获得的信息有自己的一套加工模式，但在外出旅游时，各种信息纷至沓来，使人应接不暇，很容易被错误的信息所主导而作出不明智的决定。社交媒体的发达也起了推波助澜的作用——网上经常有人炫耀自己在某地惊险瞬间的照片，看后会使人觉得"别人能做到的我为什么不能"，这样，人们会不由自主地更愿意承担风险，在一些紧要关头需要决断时，人们往往会想："我不是来旅游吗？我不就是想体验一下吗？"——所有这些，都是旅游者出意外事故的罪魁祸首。

　　据美国友邦保险集团旅游险部的统计，未经指导开车是导致旅游致伤排名第一的原因，这里的"车"，包括摩托自行车、电动平衡车、水上摩托等。有些人本没有太多的体育运动经验，看到照片上有人骑着没有马鞍的马在海滩边蹀躞极为着迷，也跃跃欲试，结果摔倒在海滩；有时拍照片也会受伤，我亲眼看到游客和背后一棵树上的猴子一起玩自拍，结果猴子从树上跳下咬伤了游客；至于去日本、澳大利亚等国家自驾游，由于驾驶方位和我们相反，转弯时开错车道，酿成交通事故等更是屡见不鲜。

　　外出旅游要保护自己，关键之举就是严格按照自己的身体状况行事。你平时遛狗会觉得膝关节酸痛，那就绝对不要企图一天走完罗马；你需要有两到三天倒时差，那就坚持等到三天后再开车、再徒步登山；如你没有经过训练，千万不要贸然尝试滑翔伞、超轻型飞行器等刺激性很强的项目。

乘飞机有烦恼

一位朋友乘"英国航空"航班时遭遇"被"降舱，不胜沮丧（见 7 月 30 日星期天"夜光杯"《真诚与虚伪》）。读后，我也回忆起自己乘飞机碰到过的一些麻烦事。

1983 年 10 月，我去美国参加技术培训。那天我在芝加哥参加美国设备供应商举办的午餐会，下午要乘飞机去旧金山以搭乘次日的"中国民航"回上海。午餐会开得有点长，培训团团长张工程师焦急万分，生怕耽误了航班，不能赶回旧金山，这样次日就不能按时回国，这可是触犯了外事纪律的大事啊。

美国主人似乎是知道了张工在担忧什么，他要我翻译给张工说：时间是足够的。再说，万一赶不上航班，改乘下一班不就行了吗？芝加哥往返旧金山的航班每天有十几班呢，今天晚上你们肯定能在旧金山的旅馆里睡觉。

其实张工是有理由焦急的，1983 年的时候，中国的民航业还落后，从一个城市到另一个城市，往往每天只有一班飞机，错过了就要等第二天再飞了，殊不知，美国航空业发达，飞机航班的次数就好比上海公共汽车的次数一样多。

2006年，我去美国开会，会后，我去新墨西哥州的盖洛普看望一位美国朋友。盖洛普是一个仅有三千人口的小城，位于新墨西哥和亚利桑那的交界处，在美国属边远地区了，需要先飞到阿尔伯克基（新墨西哥州最大城市）再开车3个小时。我从纽约乘达美（Delta）公司的航班，到亚特兰大时飞机要停留半小时，我走出飞机去找一家星巴克休息一下，等到回飞机时突然被告知飞机有故障，要换一架飞机去阿尔伯克基。

走过好几个登机口，我在调换的飞机上坐定了，忽然想起我的手提电脑连包包还在原来飞机的机舱行李架上，机舱的门快要关闭了，这下子糟糕了，电脑里还有不少文件是我到旧金山拜访客户要用的。我立即向乘务人员报告了这个情况及我的窘境，乘务人员记下了我朋友在盖洛普的地址，向我确认在24小时内会把我的电脑包送到盖洛普。

第二天早上我刚起床，就看到窗外有一辆标有达美的汽车在渐渐靠近我们的屋子，我的电脑包终于如期而归了，航空公司的后续服务，还是值得称道的。

最近我乘飞机碰到的烦恼事更是匪夷所思。那天，我夫人、我和三岁孙女从旧金山飞圣地亚哥，我事先订了中舱出口处三个人在一起的座位，付了座位升级费。在登记乘机时被告知，这次航班因故调换了飞机，由原来的A320换了一架较小一点的

A319，座位将在登机口签发，结果，我们得到的座位是机舱的最后一排，三个人虽在一起，但是伸腿的位置小多了。乘务员一再向我们道歉，还送了一架玩具飞机给小孙女，我们虽然很不愉快但也认了，好在飞行时间只不过一个多小时而已。

第二天，我决定打电话给航空公司投诉此事，航空公司很有礼貌地听取了我的抱怨，答应全额退还座位升级费，但是他们坚持说于理于法航空公司都没有错。原来，乘客预订座位并付了钱，并不能保证你一定会得到这个座位，在购买机票时，乘客就接受了购买机票的附加条款（所谓"霸王条款"）——航空公司有权最终决定你坐哪个座位。很显然，对乘客来说，没有什么比一个顺利、安全的飞行更重要了，那么，偶尔发生的换飞机、换座位，忍受一点"霸王条款"带来的不快，或许也是在情理之中的。

你会使用手机吗?

如果说，手机和我们几乎是形影不离，这绝不是夸张之词。那天在饭店吃饭，我亲眼看到邻桌一位母亲大声呵责一直"低着头"的儿子关掉手机专心吃饭。

如果斯蒂夫·乔布斯（苹果公司前总裁）还活着，如果他看到这场几成吵架的饭局，他会很吃惊，在他的眼里，手机不是这样用的。

2007 年，乔布斯在旧金山的莫斯康尼会议中心首次向世界推出苹果手机（iPhone），如果你仔细看过他那天的讲话，就会知道，乔布斯推出苹果手机的初衷，和苹果手机现在被使用的方式是大相径庭的。

乔布斯向来宾介绍了苹果机的硬件、接口、触摸屏，然后称："这是我们迄今为止做的最佳的播放器""这是打电话最惹人喜欢的应用程序"。观众对这两句话都报以雷鸣般的掌声。在他

305

讲话的头 30 分钟里，他并没有花多少时间去介绍苹果手机的网络链接功能。

显然，乔布斯更着眼于苹果手机的通话功能，而不是把它作为像今天这样与人形影不离的社交工具。他在推介会上并不重点介绍应用程序，最初推出的苹果手机甚至没有"苹果商店"（Apple Store）的设置。

据苹果公司的工程师回忆，乔布斯的初衷是把苹果手机搞成一个精美的工具——打电话、听音乐以及提供 GPS 卫星导航功能，他并没有想过要把生活模式变成"眼不离手机"，他只是希望把生活中的一些重要功能变得更方便、操作更快捷。很不幸，乔布斯 2007 年所展示的美观、简单（以今天的标准来看）、实用的手机，早已被当今"低头族"遗忘了。

不妨做一个大胆的推测：假定时钟倒播到 2007 年，每一个人拥有的都是最简单的、乔布斯当年推出的苹果手机，我们的生活是好一点还是坏一点？

当今的人如果用一部 2007 年版的苹果手机，只打电话不做别的事，实际上就是废除了和手机"形影不离"，把它放在一部豪华的电话机的地位。换言之，就好比是你买了一部极为高级的自行车用于上下班，引来同事们的啧啧称羡，你当然很高兴，但你不会让自行车去支配你整天的生活。

真的要调整你的手机用途就那么简单：删除那些不需要的应用程序，包括社交平台、游戏，以及种种爆棚的、专门夺你眼球的社会新闻 App。除非你是专业搞网络电视新闻的，否则你根本就不需要分分秒秒地获取世界新闻，你和你朋友的友谊也不会因为你需要回到家里，坐在电脑前面才登录微信而受到损害。

现在有许多人，特别是公司的白领，有意无意地夸大了自己的重要性，似乎他的上司随时要和他联络，他每时每刻都要查阅电子邮件（Email）。按我之见，如果你并不确定你的职位是否需要在手机上安装邮箱，问都不要问，把手机上接发邮件的程序删掉，这样你在业余时刻、上下班途中多享受点安静，何乐不为呢？

当删除了不必要的应用程序后，你的手机就成为一个设计精巧的工具，每一天，你会用上它几次——听一曲你喜爱的歌，帮助你找到和女朋友约会的饭店，或者，你只消轻轻地点几下，就可以打个电话问候你的妈妈……然后，它又被放回口袋，或者是你的包包，你走进家门，就把手机放在玄关的小方桌上，开始享受属于你的世界吧。

"忘记"有益

忘记老同学的姓名、忘记上周去过的饭店、忘记今天要去医院配药等事日常时有发生，通常被认为是年事渐高、记忆力衰退所致。最近有人对这种状况提出了新的看法，认为所谓的"忘记"实际上是人们进行缜密思维时的副产品，这种缜密思维的结果，往往是作出了一个正确的决定，或是创造了一件艺术品。所以，在许多情况下，"忘记"是有益的。

"忘记"可以帮助摒弃那些过时的、无用的信息，使我们思绪集中。研究发现，"忘记"并不是像通常所说的是大脑细胞渐趋萎缩，恰恰相反，它是大脑海马体（大脑与记忆有关的部分）神经元生长所致。

但是，人们不应该用这个新的论点来为自己的过失辩护——比如答应去机场接亲戚而没有去，在做演讲时忘记了关键的论点或者是记错了和客户开会的时间，等等。当然，有一种故意而为之的"忘记"，那是不能和痴呆等疾病引起的大面积的记忆力丧失等同而语的。

专家认为人的大脑是有韧性的，它可以被锻造，大脑自身会很好地平衡吸收到的信息，记忆一些，又忘记一些，人们可以诱导大脑忘掉一些不需要的东西，专注于自己的思路不被干扰。

试看一例：当年我公司碰到过一个非常难缠的客户，同事们怨声载道、士气低落，我召集大家开会，让大家互相通报情况，把对客户个别人员的抱怨也全部罗列出来，然后，我要大家吸取必要的经验教训，聚焦于这个项目通过大家努力已经取得的成功的一面。

此招有效，几个星期之后大家再开会，尽管客户的个别人依然对我司员工颐指气使，但大家一笑置之，而是集中精力讨论我方产品后续服务的问题。显而易见的是大脑对记忆的模式有了修正，上一次的开会起到了诱导大家"忘记"客户"难缠"这么一个作用。另外有一次公司开晨会，一位技术骨干没有到会，但其余人都在，这时，会议的主持者不理会有人缺席带来的不快，把会议开得成功，让所有参加会议的人都收获满满。

前面两个例子说明，人的记忆系统并不擅长于锱铢必较，相反，人的记忆会帮助我们更聪明地思考问题，更聪明地做事。

"忘记"的一大原因是人的思维受到了干扰。上中学时教我们英语的刘老师经常把我班右手坐第二排的一位叫蔡国琴的女同学错叫为蔡华英。我发现了其中的道理：蔡华英是我们隔壁4班（也是刘老师教的）的一位女生，正巧，她的座位也是右手第二排，所以两个读音接近、座位相同的女生对刘老师的记忆形成了干扰。后来，蔡华英同学转学了，刘老师叫名字就再也没有出错。

当人们做一些创新的、具有突破性的思考时，最好的办法就是摒弃原有的结论、思维模式、旧的条条框框等，这其实就是"忘记"值得推崇的原因。还有一种常见的"忘记"——当人们在沉思或是写文章到关键段落时，会忘记自己原来打算要做的事，比如说走进厨房，却忘记了要去拿什么东西，很显然，在埋头工作时，大脑要有一些空白点，要有一些心不在焉。

陌生人也给力

　　有时候，是陌生人而不是亲人朋友会给我们带来快乐，使我们的日子更好过。那天我去复兴中路的"上交音乐厅"听勃拉姆斯钢琴三重奏，邻座是一位大一学生，MISA（上海夏季音乐节）的志愿者，我们聊起古典音乐作曲家，也谈到各人喜爱的音乐，那个音乐会之夜顿时充满了更多的乐趣。

　　和陌生人交谈时，人们会感到无拘无束，谈话反而有一种亲切感，因为我们知道这个人我们不会再见到了。同样的道理，如果碰到对方不友善也不会使我们尴尬，因为是陌生人，他（她）为什么一定要友善呢?

　　但是，许多人对与陌生人交谈有顾虑，他们不知道如何构筑谈话——怎样开始，如何保持谈话持续，以及如何结束交谈。有人担心自己会情不自禁地泄露个人信息，也有人担心自己话匣子打开就收不住，自己讲话太多以及对方可能不感兴趣，等等。

这些顾虑大都是不必要的。英国有一位专门从事研究和陌生人沟通的专家做过一个有趣的实验：她要参加者每天至少和一个陌生人交谈，连续五天都这样做——结果 99％的人反馈说至少对有一次谈话感到极为高兴，82％的人表示他们向某人学到了东西，有 43％的人称和对方互换了联系方式，40％的人已经和某陌生人再次联系过——后两种情况说明他们有可能和对方交上了朋友。

热衷于和陌生人沟通有其十分古老的原因，远古时的人为了生存，必须要和自己家族以外的人建立关系，抗御自然界的灾祸，所以，和其他部落的社交技巧、沟通技能其实是与人类自身的进化密不可分的。

上海人有一种称谓叫"面熟陌生"，所指的人是曾经见过面的，不是百分之一百的陌生人——比如说斜对面星巴克里准备咖啡的伙计，植树节一块儿义务种树的邻居，去街道医院看病经常碰见的大婶，办公大楼乘电梯时邂逅的楼上公司的前台小姐等。有多项研究证实：经常和这些"面熟陌生"的人沟通、交谈，对自身的健康也是大有裨益的。这又是为什么呢？

专家们认为和"面熟陌生"的人交谈比起和亲朋好友沟通在认知上要求要高，你不能够像对亲朋一样用不带动词的省略句，或者是肢体语言，而是要用完整的句子来表述自己，这就锻炼了大脑的功能。

另外，和陌生人讲话的好处还在于讲的人有一种"驾驭感"，你可以决定是否要讲，何时讲，讲多少；而且，你向对方展示的是你"能干""强势"的一面，而你感到孤独，你可能有的脆弱，你实际存在的不安全感等都不会暴露出来。所以，如果你感到孤独，但你在公交车上和一位陌生人有一个很好的聊天，那么你顿时会觉得你是这个城市的一分子了；如果你在排长队时和前面后面的人聊聊，一定会觉得排队也不见得那么令人不快了。

和陌生人交谈

2014 年的一项研究显示，和陌生人做简短的交谈会增加人的日常幸福感。参加这项研究的人被要求跟踪自己一天当中和"熟悉的人"（如家人、朋友等）的交谈，以及和"偶遇的人"（如邻居、商店职员）的闲谈情况。结果，研究对象称如果那天和"偶遇的人"作较多的谈话，比如说在星巴克拿到咖啡后对服务生微笑并简单聊几句，他们会感到更有归属感，也感觉更为愉快。

不妨作一个推测：当人们的交际组合多样化时，他们对自己的社交圈子发生变化的担心也就不那么大了——这和我们常说的"理财多样化避免风险"的道理是一样的。2016 年 10 月的《参考消息》报道了一个实验，约 118 位芝加哥的通勤者分别被要求在列车上：1）和别人聊天；2）享受孤独；3）像平常一样行事。结果，和别人聊天的人比享受孤独、像平常一样行事的人更感到愉快，也没有人报告说和别人聊天时碰了钉子。

当今社会几乎人人都做低头族玩手机，这就导致人和人闲聊的机会大为减少。殊不知这种闲聊可以成为社会和谐、友善的润滑剂，使社会各个阶层能够人性化地相处。

设想，当你在出租车上和驾驶员寒暄正欢，突然发现他开错了路，想必你不会对他大声呵斥吧。对孩子的教育，身教和言传同等重要，孩子们不但向我们学习如何对待亲人，他们也注意我们如何和陌生人相处，比如说，我们对饭店里的服务生如何表示感谢，对送快递的人是报以微笑，还是轻慢、不屑一顾，都会给他们留下印记。

酒店和高端服务业的员工大都接受过一个所谓的"10/5 规则"的培训，当你和客人相距 10 英尺（3.3 米）时，用眼神致意，相距 5 英尺（1.6 米）时，说"你好"。延伸到我们的日常生活，就是要充分利用细微机会，向别人表示敬意。有时，我们可能有太多的自我防卫意识，过高地判断了和陌生人讲话的风险，而忽视了闲谈并不可怕，有时还大有裨益的事实。

闲谈、安慰及其他

有人说：疫情以后我们要重新学习怎样讲话！

这不是夸大其词，过去的一年——戴口罩、社交距离使我们改变了讲话的方式。我们讲话的速度大大加快，有时会很唐突地转变话题，草草结束谈话，回到隔离的环境，又会对刚刚没有好好交谈感到遗憾。

每人每天都会有人际沟通，疫情使人际沟通的重要性增加了，不要小看闲谈，一切谈话都是从闲谈开始的。闲谈数句后，我们才开始向对方表示关爱；也是从闲谈开始，我们向对方吐露自己过去的一年是多么的艰辛！

不可避免的是，当今谈话的话题，肯定会涉及生病、住院甚至死亡。去年某日，我和内人在街坊散步时遇到一位邻居，内人谈起她在南京的堂姐最近不慎摔了一跤，目前正在康复中。邻居听着听着，突然失去了控制，说她的爸爸在武汉得了新冠肺炎，不幸去世了，她抽噎了……

我们表示了哀悼，分手了。我在想，在疫情以前，如果遇到邻居可能就是说声"你好"，或者是挥一下手。经历过疫情，人们会觉得有需要和别人讲点什么，这种讲话，其实比闲谈更进了一步，好比是向鱼池里撒了点面包屑，让别人知道我们是可以听她（他）倾诉的人。

许多闲谈初看是没有结果的，就像和那位邻居的谈话一样，并没有抚平她的哀痛。为什么一定要有结果呢？我记起当年在培训班，一位研究人际沟通的教员讲过的话："要期待，也要接受没有结果的谈话……"闲谈是临时的，有时甚至是鲁莽的，但这并不重要，通过闲谈，至少知道了伤痛在哪里，而简单、持续的交谈、慰问、鼓励，不啻是一次一次地用沙浆涂抹在墙面上，修补了裂缝吗？

有一句成语叫逆来顺受，我们取其中的一层意思：对外来的困难采取顺从的态度。当人们遭遇极大的不幸时，特别是亲人突遭意外死亡等，周围的人会尽力找出各种话来安慰他们。有一位朋友告诉我她亲身经历的事：她和未婚夫外出旅游时遇到车祸，未婚夫不幸身亡。周围邻居见到她身陷痛苦，都竭尽全力地安慰她，比如"你一定会找到更好的男朋友""有什么困难，有什么需要帮助的请告诉我们"。

她觉得，说这些话的人是好心。"他们为无法帮助我而困扰，"她对我说，"说了以后，他们认为我的痛苦减轻了，他们也如释重负了。"

其实，那位朋友的痛苦一点也没有减轻。有一次，她在星巴克排队的时候碰到她家对面一家饭店的老板也在等咖啡。他对她说："我和你的男朋友不熟，但我知道他是个很棒的人。"他又加了一句："我想对你说：你肯定会痛苦很长的时间，然后，你会好过些。"他拿了咖啡离开了。

我的朋友说，这是她失去未婚夫后听到的最好的安慰，他的话正符合她那时那刻的心情，也是对现实情况的验证。

有时候，最好的安慰，是一种闲谈式的安慰——它不带有特别的动机，也没有徒劳无益地努力要去改变什么。

"共鸣"可以学习

汉语中的"共鸣"是一个多义词。心理学上对"共鸣"的解释是：由别人的某种情绪引起的相同情绪。这里所说的"别人的某种情绪"可以是好的，也可以是坏的情绪。

举一个最简单的"共鸣"的例子，在看足球比赛时，当你喜欢的运动员踢进一球而狂热地庆祝时，你在现场或电视机前也会狂热地鼓掌。"共鸣"和"同情"有别，但有时"共鸣"会表现得类似于"同情"。有一次乘公交车，一位男乘客上车后发现忘了带钱包，很尴尬，正在他一遍遍地翻口袋时，一位七十多岁（她是用"敬老卡"乘车的）的妇女轻轻地拍了拍他的胳膊，说："没关系，我有硬币。"她投了币，化解了男乘客的一场尴尬，也赢得了同车乘客赞许的眼光。

另有一次，某乘客刚上车时就发现没带钱而急得满头大汗，车上所有的人都无动于衷，致使这位乘客只得悻悻然地被司机放下车。其实，我们也不必指责同车的人冷漠或者缺少爱心，因为许多心理学的研究都证实了，对别人的情绪产生"共鸣"确实存在着很大的不同。

早先普遍认为女人比男人更容易对别人的情绪产生"共鸣"，近期的研究证实，这只不过是女人认为自己"应该"和别人"共鸣"，所以她们更努力地去做而已。实验显示"共鸣"不是天生的，没有性别的差别，但是它和人们的个人经历密切相关。例如：某人生活中经历过磨难，如离婚、丧子等，当别人因同样的磨难而极度沮丧时，他（她）就不易产生"共鸣"。

是否善于表达"共鸣"有基因的因素，但更多的是后天学习的过程——我们要读懂别人的情绪，取决于我们向父母、向家庭和其他的人学习到了什么。

如果你从小看到的都是克制、冷漠，那就会觉得对别人的情绪无动于衷是对的；但如果周围的人对别人都是宽宏大量、诸多关爱，你一定从小就会对别人的情绪感同身受。我曾有一位叫詹姆斯的同事，在单亲家庭长大，母亲一个人抚养两个孩子到大学毕业，其艰辛自不必说，给孩子们的关爱也带了一份严厉。詹姆斯性格沉稳，不苟言笑。他的女友获得公司的"最佳员工奖"，他并没有表现出应有的兴奋；一次在旅游途中，他女友突感不适，去洗手间呕吐，詹姆斯没有过去安慰她，依然故我地在手机上玩游戏，这使女友极为不快。

詹姆斯后来解释说自己确实没有和女友的情绪形成"共鸣"，他还说如果是他自己呕吐的话，他并不希望有人拍拍他的背表示安慰。不过通过这件事他学会了怎样给别人以关心。有一次，他的女友的留学考试不很顺利，他请快递公司送去一盒十分精致的巧克力、深蓝色的缎带和一支红玫瑰花，给了她一个意外的惊喜。

也说 "对不起"

　　"对不起"，是一个使用频率很高的用语。当你走路时不小心碰到了别人，你会说声"对不起"；当你在商店购物，你要买的东西恰巧无货，营业员也会说："售完了，对不起"——这时候的"对不起"，并不完全是一种道歉，而更像是一种礼仪上的用语。

　　但是，当"对不起"成为真正意义上的道歉时，如何说它就要费一番斟酌了。有时候，尽管主观上是真心道歉，但表达方式不当，就难以消除被冒犯一方的不快和敌意。有一种道歉特别困难，那就是你认为自己并没有错，问题是出在被冒犯的一方过于敏感，甚至于，你认为真正需要道歉的是被冒犯的一方。

　　某日，一位邻居对我恶语相向，起因是我在停车时有一个疏忽，导致他的车无法开出车库。事后，我给他写了一封信，以期消除他的不快，我在信中对当时发生的事不作任何解释，只是对自己的疏忽深表歉意，希望对方释怀，然后随信附上一块精致的巧克力送到他的家。

一周以后，我听到有人敲门，是我邻居。他感谢我写的信，说他自己也有过分的地方。我顿感宽慰，觉得自己不单单是消除了一个"敌人"，甚至交了一个新的朋友，之后，他果然成为我的朋友了。

由此可见，切不要在道歉的同时作种种解释，诸如"但是""不过"这类措辞的出现，会使道歉显得不诚恳。道歉应当聚焦在道歉方的所作所为，有人在道歉时喜欢说"对不起，你会这样认为……"弦外之音是"我并不需要说对不起"，这极为不妥，因为它把道歉焦点转移到被冒犯的一方去了。

为什么一个真诚的道歉有时会难以启齿呢？因为人们的自我防卫意识是生来具有的，道歉就等于承认自己的过错，把自己放在了一个易受伤害的位置。再则，一旦道歉了，你无法肯定对方是否接受你的道歉。因为有一些伤害极大的事件，无论如何道歉，被侵犯的一方都难以接受。我在电视节目上看到过一个案例：女儿受到父亲的性侵犯，多年以后，父亲认识到过错向女儿道歉，但伤害是如此巨大，以致女儿无法接受。

所以在道歉时，请求对方原谅也是不必要的，因为被冒犯一方可能会接受道歉，但不一定会原谅侵犯者。是否原谅，主动权在被冒犯一方那里，有时需要时间来证明侵犯不再发生了，所以，所谓原谅就有一个时间过程。道歉时，被冒犯一方可能会情绪激动地倾诉、发泄，这时道歉方千万不要打断、辩解、反驳对方，要沉住气倾听，即使你的过错只是极小的一部分，你也要为这部分作真诚的道歉。

有言道："对不起"三个字是治病的良药——真诚的道歉，不仅会使被冒犯一方深感宽慰，从愤怒中摆脱出来，对道歉的一方也是一份礼物，为自己带来自尊、诚实和成熟。

"哈哈" 不是笑

　　用短信聊天时，常会收到对方发过来的"哈"或"哈哈"，这其实不是对方在笑，也不一定表示对方认为你发过去的东西有趣。去年秋天，我发短信给一位朋友，他正在吃大闸蟹，我写上一句："一定吃得津津有味吧！"他回答一个字："哈"。这里的"哈"的意思，更像是要降低我说的"津津有味"的色彩，意为"也许是吧！"

　　另外一次，我告诉对方我家附近的菜场几乎什么东西都有卖，连全套年夜饭的半成品都可以买到。对方的回答是"哈哈"。这里，对方其实是在说："是吗？"或者是："那又怎样呢？"并没有任何笑的因素在里面。

　　所以，出现在手机屏幕上的"哈哈"不代表笑。如果用英语聊天，常会见到 LOL——"laugh out loud"（"大声笑"）的简略语。事实上，英美人如果自己把事情搞砸了，常会用 LOL 来自我解嘲，并非真的大笑。所以，"哈哈"和 LOL 一样，它们的笑点都是"零"。

真正的笑声是无法用文字写出来的，对于打喷嚏，似乎还有一个约定俗成的"阿涕"可用，而勉强可以描述笑声的"啊哈"则有另外的含义，"啊哈"更多的是表示一种温和的惊奇，被用于宣称发现了一样新的东西。

当今，人们在微信或社交网络上，若要表达自己娱乐、愉悦，往往是借用"圆脸图标"来表示，而不是使用语言。不过，即使是"圆脸图标"，更多的是用来赞同对方发文中的幽默，表示出一种礼貌，而要是为了宣泄自己的笑，连"圆脸图标"也不管用。

时下人们大都行色匆匆，快节奏、高负荷在逐渐吞噬我们生活中的幽默，也使通常说的"开怀大笑"越来越少见了。当手机屏幕上出现对方的"哈哈"或"LOL"的时候，你不妨想象一下：发信人完全有可能是闷坐在寂静的宿舍里，或者是在办公室的隔墙中，要不然，他（她）大概是在地铁站候车，周围都是陌生人。

生活中的笑，是需要人去创造、去开发的，并不是语言能描述的。笑声的一个特点是它会在人与人之间传染。据我所知，一些做"路演"（road show）项目的、一些搞产品促销的人会有意识地请一些善于笑的人，也就是现代术语所谓笑点低的人坐在目标观众之间以增加活动的气氛。

同样的道理，我们以前去电影院看喜剧片，全场观众捧腹大笑的情景比比皆是。现在，更多的人是坐在客厅的沙发上看DVD。同样的喜剧片，在家看的笑声一定会比在电影院看少许多。有人告诉我，拍滑稽戏电视剧的人对于引起观众开怀大笑的情节几乎是不会予以启齿的，这是职业使然，但我们千万不要成为拍滑稽戏电视剧的人。

不说"我很忙"

"忙"在现实生活中已经成为常态，那天，我打电话约某位仁兄出来小酌、叙叙旧，电话那边的回答是"我很忙……"我觉得茫然，因为我知道这位仁兄除了有睡懒觉的习惯以外并不忙。

那么，人们为什么倾向于说"我很忙"呢？首先，他（她）可能真的很忙——不少人在晚上还要上电脑忙办公室的事，还要照顾父母和孩子，朋友源源不断的微信，占据了所有的空余时间等；其次，人们有"厌恶懒惰"的倾向。有人作过研究，大多数人总认为忙碌要比懒惰好，即使是被生计所迫而"被"忙碌，也要比懒惰快乐。

问题在于，开口闭口"我很忙"的人其实并不真正地忙到均不出时间，在这种情况下，你给邀约你的人的感觉是：我不值得在你身上花时间——对于邀约方，你开口闭口的"忙"就构成了一种冒犯。

当今的一种倾向是，许多人热衷于说自己"忙"，不妨回顾一下你和别人的谈话、短信、邮件等，自称"忙"，为自己"忙"而道歉等比比皆是。有人在 2000 年至 2016 年的 17 年间，抽样分析了年终时人们互致问候、祝贺新年的 50 份信件，发现讲述自己如何如何"忙"的占所有话题的第二位，而"又是忙忙碌碌的一年"几乎成为开场白的标准句式，夸耀"忙"甚至超过了夸耀自己在过去的一年取得的成绩。

有一种传统的观念，那就是人们看重辛勤工作。我们经常说"过程很重要"，奖励努力的过程甚至超过了奖励最后的成功。很自然地，人们因为"忙"而感到骄傲，认为"忙"的人更成功、更重要，也更有社会地位。

经常地，"忙"被用来作为拒绝对方、作为自己不愿意被打扰的借口，所以，当你邀约对方，对方称"我很忙"时，你会觉得不快，甚至感到对方非常粗鲁。所以，不应该把"我很忙"作为一个具有积极意义的词句，"忙"在表面意义上有"美德"的含义，其实是虚假的，被误导的。

那么，别人约你聚会，你真的很忙，抽不出时间，该如何说好呢？

说得具体一点。你可以说"我忙于月底结账""这几天正在搬家""下周有一个考试要应付"等。如果你没有特别的原因，仅仅是因为情绪不高而不想赴约，干脆直说，并且向对方解释现在你不便详谈你自己的状况。说得具体可以让对方觉得你诚恳、可信。

一个解决"忙"的手段是：把日程安排得宽松一点，留出一定的时间给家庭、给孩子、给朋友，因为生活中总有偶发事件需要应付。最后，千万不要把"忙"看作"懒"的反义词，如果你确实不忙，不要有愧疚感。

不用微信又怎样?

我的几位朋友（包括我自己）至今都没有用微信或类似的社交媒体。究其实，他们并不是科技产品的排斥者，也不见得是忙到没有时间读微信——他们认为：不用微信朋友照样交，信息照样收到，日子照样过，何必每时每刻低着头摆弄手机呢?

在这个众说纷纭的网络世界，不用微信的人俨然成了"少数民族"。2015 年有一个报道，说 92％的美国青少年（13—17 岁）每天都要上网。其中有 24％几乎是"每时每刻不离手机"，71％的人用 Facebook，50％用 Instagram，41％用 Snapchat——统计数字还显示约四分之三的青少年使用着一种以上的社交媒体，通常一个人会有 150 左右的 Facebook 或是 Instagram 的网友。

这种情况引起了美国舆论界的关注。最近我在美国看到一个研究报告：研究人员用一个类似于 Instagram 的设置，让被试验者阅读图片，然后用磁共振来看被试验者脑部成像的变化，发现被试验者的脑部产生一种可以量化的图像变化，提示人们可以通过对图片的阅读来学习到怎样处世。但是，这种学习其实是一把双刃剑：可以学好，也可以学坏。研究人员发现，在 Instagram 和其他社交网络上，如果某些沾有不良习气的照片受到追捧，如吸食毒品、酗酒等，很容易被年轻人学习、模仿。

我有一位美国朋友从事社交媒体的研究，我问他不用社交网络是否会失去很多东西，他说不会，还说现在越来越多的美国人更重视人和人面对面的交流，而不是在"推特"（Twitter）上聊天，他们更愿意花时间在真实的世界上。说到社交网络的危害性，这位朋友为之作了辩护，他认为在社交网络出现以前，电视、电影、书籍等媒体上也充斥着不雅、消极的东西，人要学坏也很容易。所以，不应该看到有青少年模仿 Instagram 上的不雅照片就把此归罪于社交网络。

他认为社交网络的可怕之处是个人信息的失控，错误信息的传播速度极快，须臾之间，对某件事的评论可以如雪片而至。他说他 18 岁的女儿最不喜欢的就是网友之间互相评论彼此的生活风格，甚至没有界限，没有分寸。比如，一次她和朋友在洛杉矶的餐厅吃饭，一网友兴致勃勃地把大家吃东西时的照片上传到 Instagram 上，她感到不悦，觉得那位朋友至少应该征求别人的同意，因为并不是每一个人都愿意让别人看到自己吃东西时的照片。

有不少朋友鼓励我早日加入他们的微信朋友圈，说是不参加的话你会失去很多信息。有趣的是，也就是这些朋友，一旦朋友圈里发生重要的事总是会打电话告诉我。所以，我一点儿也没有感到信息隔绝。所谓失去的很多信息，那就是一些无休止的闲聊，以及蹩脚的笑话罢了。

分享照片

社交媒体提供的一个极大的便利，是朋友之间、亲人之间可以很容易地分享彼此的照片。但是，凡事总有另一面，如果分享的照片过多，次数过于频繁，会给读照片的一方造成一种无形的压力。一位老同学告诉我这种读照片的压力会造成朋友之间关系的疏远，甚至会导致妒忌、憎恨、陷入抑郁状态等。

当今人们寄照片不是寄一张、两张，而是寄一大摞。比如说，你的侄子去美国参加夏令营——你会收到他在校园的照片，他在船码头的照片，以及他在游轮吃晚餐时每一道菜的照片……我的一位朋友去美国 15 日游，天天要寄我 10 张以上的照片，有一次，光是圣地亚哥野生动物园长颈鹿的照片，他就寄了 12 张之多。我不得不承认，每天读这些照片是一个负担，因为这位朋友和我关系很好，这种负担就变得十分微妙。

我很难做到不读这些照片，因为我知道这位朋友期待我的回复，给他拍的照片点赞，等等。所以，和你关系越密切的人给你看照片，负担就越大。

另一位朋友退休以后成为"摄影家"，逢见面必谈照片。一次在餐厅吃饭，甫坐定，他就打开笔记本电脑，向我展示他在武夷山玩漂流的照片。我说：我们还没有点菜呢，还是先聊聊吧！一次，我通过邮件问他一个问题，他连续两天都回我邮件了，但就是没有述及我问的问题，却寄给我二十几张他儿子参加中学生足球比赛的照片。

我给他打电话，尚未切入正题，他就问我是否看过足球比赛的照片，就像老师问学生家庭作业是否做过一样，给我的感觉就是，如果我没有看过照片就应该受到责备。

我的体会是，要和朋友分享照片并不是可以随心所欲的，要看时机、地点，也看对方的心情。不妨先问一下朋友喜欢哪种形式读到照片：电子邮件还是聊天软件？如果对方习惯用聊天软件，那就一对一地发给他（她）。在朋友中群发并不好，因为并非每一个人都一定喜欢你的照片。

记住我们老祖宗的教导：物以稀为贵。给朋友分享的，应当是你的精品之作；如果同类的照片较多，干脆放在一起发完，不要今天发过明天又发。有时，惹人讨厌的不是数量，而是频率。

最后，发一张"夕阳无限好"的风景照固然不错，但你朋友可能更喜欢看到你的生活照——你参加母亲的生日聚会，你家新添的小狗，或者是你骨折后撑着拐杖的样子。

退休了住哪儿？

最近读到一个统计数字，说是 85％的人退休以后依然住在原来的地方，有 15％的人退休以后变换了住处。15％不是一个小数字。某日，一位做房地产的朋友说起很多经济宽裕的北方人在海南省的三亚购了房，退休后住过去养老，蔚为壮观的三亚"海滩广场舞"即由此而来，但是，两三年以后，许多人却把房子卖了，搬到更靠近子女、更靠近朋友的地方去了。

那位朋友称他跟踪调查过这些卖掉房子的人，有极少数人是房产升了值卖掉可赢利，大部分人都说是要重新回去过自己原先的生活，即使住房小一点也无所谓，这样，他们事实上是在三亚浪费了时间、精力和财力。

之所以发生这种情况，缘于退休时没有很好地做过规划，许多人认为退休了就可以做自己真正想做的事了——比如说旅游、弹钢琴、跳舞、写作、画画、写毛笔字等等，这很对，但就是没有问自己一个最基本的问题：什么样的"日常"生活才是你真正想要的？

回答好这个问题并不容易。原因之一，你会受到商业广告的诱惑——某地气候如何如何好，房价如何如何便宜，最适合退休养老，等等；再则，你退休后想要的，往往是你在工作时无法实现的，但随着年龄的增长，你要的和当年所向往的可能完全不同了。

近 20 年前，我在杭州湾海滩附近买了一幢小屋，逢周末就去那边，凝视大海，放松身心，还想好退休以后可来此长住，远避都市的喧闹，在院子里"农家乐"，种点蔬菜，招待亲友。退休以后，这些计划都没有实现——我发现我并不需要每天凝视大海，六十几岁的人开车五十多公里到杭州湾也不是小事一桩，最主要的是人上了年纪免不了有这种那种的慢性病，而在杭州湾要找到一个可以开 5—6 种药的诊所并不容易。

做退休计划的另一个误区是只考虑当今，不考虑将来。当你 60 岁时，可能活力依旧，换灯泡、修洗衣机、倒垃圾等都不是问题。但有没有考虑过你 80 岁时怎么办？钱可能不是你的问题，但你可能需要有人开车接送，万一摔跤了要有人扶起来，如果你的居住地不能提供诸多的配套服务，你的退休肯定是不完美的。

规划退休，不仅仅是考虑一些固定程式的事，比如说，每年出国旅游一次，每周和孩子们吃一次饭，一天隔一天通过视频和孙女聊聊天等。生活是由一些琐细的事、一些短暂的瞬间组成的——每天去拿报纸看，早餐时喝一杯红茶，蒙蒙细雨中在林荫道溜达半小时……这些你不可或缺的生活乐趣，可能连你的配偶都不十分清楚，一旦换地方住，这些乐趣还会有吗?

所以，最后问你自己，住在原来的地方，住在你从小长大、把后代养育大的地方有什么不好呢? 住乡间别墅，享受新鲜空气固然有吸引力，但是你失去的是几十年的邻居、朋友，周边的文化设施，熟悉的医生，便利的交通。所以，像 85％的人一样"以不变应万变"，可能是最佳的退休规划呢。

人的长寿有极限

人能够活到多少岁？这是科学家十分感兴趣的一个问题。1997 年 8 月 4 日，法国有一位名叫雅娜·卡尔曼特（Jeanne Calment）的老人去世，她活了 122 岁，是至今所获得的最长寿的纪录。

纽约阿尔伯特·爱因斯坦医学院的一位名叫维杰的教授说：过去的几十年中，人的寿命在不断延长，但是，长寿是有极限的，极限就是 115 岁。维杰教授专事老龄化研究，他在 2016 年 10 月的《自然》杂志发表的这项研究，是对生命学界关于人的生命延续是否有极限这一论争所作出的最新的分析。

此项报告激起了强烈的反响，当然也有不少反对的意见。有一位研究生物统计学的专家质疑维杰的说法，他以 1900 年起人类生存年限的不断增长为依据，认为维杰教授的观点过于悲观了。

1900 年，美国出生的婴儿平均寿命为 50 岁，现在美国出生的婴儿平均寿命可以达到 79 岁。日本的平均寿命最高，已经达到 83 岁。维达教授在作出长寿极限结论时也沿用了这些数据，但是他是从另外一个角度来分析这些数据的，他首先确定某一年份，再看这一年不同年龄的人有多少，并和前一年作对比，年复一年就可以看出每年每一特定年龄的人的增长率有多少。

结果显示增长率最快的人群是老年人，以法国为例，在 1920 年代增长率最快的是 85 岁的女人。随着平均寿命的变长，增长率最快的人群也在发生变化。同样是法国，在 1990 年代增长率最快的是 102 岁的女人，假如这一趋势可以持续，那么，现在法国女人增长率最快的应该可以达到 110 岁。

但是情况并非如此，高龄者的增长率开始变小，而且干脆停止了。维杰和他的助手研究、对比了 40 个国家的数据，总体趋势是一致的。

维杰教授评论道：年岁最大的老人人数的增长率在 20 世纪 80 年代就开始减缓，在 2005 年左右就停止了，这种情况说明人的长寿是有极限的。

为了对长寿极限作进一步的论证，维杰教授的团队跟踪了世界上 534 名最长寿者，纪录他们逝世时的年龄，并收集了自 1960 年代以来最长寿者的个案。结果显示 1968 年，最长寿者为 111 岁，而在 1990 年代，最长寿者是 115 岁左右，然后就不再增加了。前文提到的活到 122 岁的卡尔曼特女士是一个极端特殊的例外，之后，再也没有人超过 115 岁。不仅如此，第二长寿者、第三、第四甚至第五长寿者的数据指示了同样的趋向。

人类预期寿命的增加，来自医学的发展，比如抗生素和各种治疗慢性病、心血管疾病药物的发明，也来自生活方式的改变，如戒烟、健康饮食等。但是现代社会的这些成就最终还是不能逆转生物衰老的过程。维杰教授认为，人的衰老是DNA受到的破坏积累而成的，人体可以对这些破坏进行一些修补，延缓衰老，但是最终因破坏太多而无法修补了。

　　对于人类来说，重要的不是延长寿命，而是要延长健康的生活——通过良好的生活习惯、借助于现代医学修补好受破坏的细胞，使健康生活的年数得以延长。

手写比打字有助记忆

　　《夜光杯》今年 2 月 7 日的一篇《医生的字》的文章提到有一位叫马红霞的医生写的病历单的字迹工整清秀，现今已是非常稀罕。我想起了另外一个关于手写的话题，那就是记（英文）笔记时，是手写好还是打字好？

　　这个问题一直有争论，因为不可否认的是打字的速度更快，当然要具有这种速度，必须受过专门的打字训练。但是有美国教授研究后认为，手写笔记有助于学生在教室里集中注意力，习惯于手写笔记的学生学习成绩也较好。较之喜欢用英文速写方法的学生，用普通书法记笔记的学生能学到更多知识，对信息的记忆也更持久，更乐意把握新的思路。和用键盘相比，手写能紧扣人的思维，使获得的信息更有条理。

　　古代，在发明印刷术前，人们是依赖用芦苇秆在纸箔上抄写来把所见所闻记录下来，作了归纳后再进行研究的。这个把事情写下来的过程对大脑形成刺激，实际上是把听到的东西传递到头脑中去了。书写工具逐渐在进步，人们对记笔记的研究也已经有了近百年的历史。

铅笔的发明是在 17 世纪，1827 年自来水笔被申请了专利，圆珠笔是在 1888 年发明的，但这些书写工具的演变并没有给记笔记的攻略带来实质变化。现今，几乎每位大学生都配备了手提电脑，听课依然是他们获取知识的主要途径，高等学府的教室里但闻键盘咔哒咔哒声。

统计显示，听课时用键盘记笔记速度更快，打字和手写每分钟的速度之比大约是 33 字比 22 字。在短时期内，打字是有优势的。圣路易斯华盛顿大学的一位教授 2012 年作过一项调查，上课甫结束立即对学生进行跟踪，结果发现打字族能够回忆起更多的上课内容，对上课内容进行测验的成绩也比"手写族"要好一点。

问题是这种优势是暂时的，经过 24 小时，打字族对自己记下的东西全忘记了，他们在键盘上敲下的长长的笔记太表面化，也太肤浅了，无助于帮助他们回忆起上课的内容。相反，手写族能够持久记忆课堂讲课内容，甚至在一星期以后仍然对课堂上的一些概念有很好的掌握。很显然，手写会把听到的东西更深地记住。用普通书法记笔记更便于温习上课内容，因为它们较之速记法组织得更好。

人们要问，打字族能记下较多的内容，为什么掌握的知识反而少呢？研究证实，打字是一种机械反应，对听到的东西是逐字逐句地记下；手写族记下较少的东西，但是在记下的同时也在思索，并且对内容有了一个消化。

具有讽刺意味的是，高科技含量的笔记本电脑人见人爱，它可以使打字更快，但恰恰对学习知识是有害的；手写可以增强对知识的记忆。然而有统计说，手写只能记下 30％ 左右的内容，为了跟上讲课者的速度，手写会漏掉一些重要的限定词，省略掉一些关键的细节——所以手写还大有改进的余地。

掉在地上的东西能吃吗？

很小的时候就听长辈说，掉在地上的东西会沾染细菌，不能吃。后来不知听谁说有一个叫"五秒规则"，就是说掉在地上不超过五秒，捡起来再吃没事的。"文革"期间我在工厂当工人，那年"甲肝"蔓延，记得保健站的医生告诫说："五秒规则"是错的，不管你捡起东西的速度有多快，总会有细菌被沾染上。

最近，有人用不同的食物做过一系列的实验，证明那个保健站医生的话是对的。但是我注意到在国外，如果有食物掉在地上，人们是捡起来就吃的。那么，是否可以认为国外居室内的地板比较干净呢？

一位美国朋友曾对我说，如果有食物掉在厨房的地上，他会拿起来就吃，因为他觉得他厨房的地板并不一定很脏。这位朋友是个医生，他认为问题不在于地板上有没有细菌，而是要看地板上的细菌是不是比其他地方的细菌要多。如果谈到这一点，那么居室内比厨房脏的地方多的是。

　　一位研究微生物的大学教授最近发表文章，说在厨房地上每平方英寸平均有 2.75 个细菌群体，而在冰箱门的手柄上这种群体每平方英寸有 5.37 个，厨房配菜台上是 5.75 个。所以，我们都在关注掉在地上的东西能否吃，却没有人会担心开冰箱时会沾染细菌，而当食物掉在配菜台上更不会扔掉不吃。

　　再看看浴室，人们认为最脏的一定是坐便器板。测试的结果令人吃惊，坐便器板比厨房的任何一个地方都要干净——平均细菌群体仅仅每平方英寸 0.68 个。浴室里任何一个地方都比它脏，最脏的地方当属抽水马桶的按钮，达 34.65 之多，洗脸池的水龙头大约是 15.84，台盆表面大约是 1.32。

　　很显然，越是多的手触摸过的东西越脏，而人们忽略了它们是脏的。人们认为地板和坐便器板应该是脏的，所以就经常清洁它们；而对于冰箱手柄和水龙头反而不那么注意清洁了。

　　有些经常用的东西其实是最脏的。比如说，95％医生、护士用的手机屏幕满是医院里的各种细菌，大约有一半以上被金黄葡萄球菌污染，接近 40％被一种能够抵抗新青霉素的细菌所感染。

　　再想想皮夹子里的纸币，单是一张 10 元的纸币就有 90％的地方布满细菌，其中 7％的细菌种类会使健康人致病，87％对住院病人、免疫功能降低的人有伤害。

　　当你付了钱，拿到吃的东西，有没有想过手中的食物被细菌污染？有没有想过纸币上的细菌比掉在地上沾上的要多得多？再想一想生活中那些每天用的脏东西——煤气灶开关、银行取款机的按钮、遥控器、电灯开关以及计算机的键盘……至今有报道的最脏的东西是厨房间水池的海绵擦垫，据说，每平方英寸有2000万个细菌群！

所以，问题不在于掉在地上的东西能否吃，问题是吃东西前一定要洗手，洗手是抵御疾病的最有效的方法。

慷慨和康健

有研究证明，当人为别人、为社会作贡献时心情会感到愉快，心理学家们现正致力于研究人们为别人花钱是否会有益于自身的健康。

加拿大的一个研究团队召集了 73 名高血压患者，年龄在 65—85 之间，每人得到 120 加元，要求他们在三个星期内分三次用。被测试者每星期都会得到一个药瓶，瓶盖是特制的，会记录开瓶的日期和时间，瓶内有两张 20 元的加币和一张纸条，指示被测试者当如何用这笔钱。有些人总是被告知要为自己花钱，另一些人则被要求为别人花钱。

为自己花钱的人大都说买了毛衣、去做了按摩或者是买票参加印度佛教的研讨会。有一个女人买了面霜，据说还有奇迹般的效应。而那些为别人花钱的则报告说买了甜饼给消防员、买饼干给邻居或是给孙辈买了玩具和衣服。一位退伍军人把钱捐给了学校，这所学校是以和他一起在越南服役的军人命名的。

所有人都称他们非常乐意获得瓶子里的钱。研究人员用一种自动装置测得每个人的血压，对比后发现那些为自己花钱的人血压没有变化，而为别人花费的人的血压显著下降。使研究人员吃惊的是，血压下降的幅度和医生指导病人有规律地参加有氧运动下降的幅度是一致的。

研究小组的下一个目标是扩大取样的范围，他们借助美国的一项叫"中年"的研究项目的数据库，挑选了186位55—84岁的高血压病人展开问卷调查——要求他们列出每个月为朋友、家庭、慈善机构和其他人花了多少钱，两年以后，被调查者回访美国各地的研究中心测量血压。结果为别人花钱较多者的血压较两年前为低。当然，这项调查会因对象的收入多少、身体好坏和婚姻状况的不同而有一定的误差。但无论如何，数据告诉我们的是慷慨花钱者的血压较低。

那么，如何解释这种现象呢？有专家认为：帮助别人可以对日常生活的紧张起到缓冲作用。最近甚至有研究报告说：即使是简单地给朋友写一个表示支持的纸条也会有助于稳定血压。当然，是否要把慷慨或乐善好施作为一种治疗高血压的手段，还需要作更多的研究。

生理节奏有门道

　　有研究报告称，人的生理节奏在不同的时间段是不一样的，这种不一样会影响人的活力、人的机敏度。换言之，如果掌握生理节奏的门道，在特定的时间做特定的事，就会有事半功倍的效果。

　　比如说，如果要和同事做一次认真的谈话，以解决一个纠纷，早上9点或许最为合适，对于大部分人来说，这个时间的精力最为充足，思路也最为清晰；而下午5时的时候，人的肌肉力量处于一日的最佳，肺活量也比中午时高出18％，这时最宜体育锻炼，比如打一场网球等。现实是，人们要做的事和最适宜做此事的时间很难做到同步，但是有的放矢地尝试一下是值得的。

　　如果是做学习研究，什么时候最合适呢？上午10点半到12点这段时间。这是因为人体的温度在清晨醒来以前就开始上升，这个上升一直延续到午后，在上午的晚些时候，人的记忆力、机敏度和注意力都在增强。有人认为，起床后洗个温水澡会启动上述过程。

很快，注意力的集中在中午 12 点以后就开始走下坡路。许多人在 12 点到下午 4 点的工作效率是最差的，有研究认为人用餐以后的机敏程度会大大降低，这些都吻合我们平时在这个时段要睡个午觉的习惯。

一个十分有趣的现象是：人在疲乏的时候，其创造力反而会得到提升。2011 年有人做过一项研究：428 名参与者被要求解答两个系列的问题，一个系列是分析型的，另一个系列则是要有些创新思维的。结果，参与者在一天比较疲劳的时候回答需要创新思维问题的成绩最好。显然，当人感到疲劳时，人的思绪会无拘无束地徜徉，探索新型的解决方案。

那么，在网络时代，是不是也有一个"最佳网络沟通"的时间段呢？一位专门研究社交媒体的人采集了多达 10 亿条电子邮件，分析数据后得出如下结论：清晨清理邮箱的效果最佳，早上 6 点收到的邮件最会被迅速阅读。这位专家认为，电子邮件的特性类似于报纸，人们通常会在每天一早就读它。在早上 8 点到 9 点发微信给朋友应是最佳时刻，根据对 240 万微信用户约 5 亿多条微信的采集，这个时间段发出的微信通常是乐观积极、措辞热情的，很少有表示苦恼、沮丧或者恐惧感的邮件。

如果希望自己的微信被转发，最好的发送时间是下午 3 时至 6 时。这个时候，许多网友都累了，没有足够的精力来写自己的邮件，有现成的东西可转发，"网虫"们何乐不为呢？

一天中什么时候吃东西最适宜？什么时候进食不会增加体重？这些是人们极感兴趣的问题。已有研究人员在老鼠身上做过实验，发现老鼠在限定的时间被允许进食比那些"随便吃"的老鼠体重要轻 40％，而且胆固醇、血糖指数都更低。对于人来说是不是也是这样呢？当然需要更多的研究，说不定某一天，我们需要关注的不仅是吃什么，还要关注什么时候吃呢!

公开病情？

　　邻居金阿姨在 70 岁生日前不久被医生告知需要动一个较大的手术，她的病并不会威胁到生命，住院时间也不会很长，但手术后的恢复很慢，且会限制她操持家务、照顾患有老年痴呆症的老伴的能力。

　　她的三个子女都在国外，闻讯后纷纷飞回上海，照顾老妈的手术，并且致电金阿姨的朋友请他们不时前来看望、照顾，方便时带一些水果、蔬菜过来等等。这一切似乎都安排得很好，但是有一个不好——那就是金阿姨希望子女不要把她的病情告诉任何人。

　　金阿姨说她不喜欢麻烦别人，也不想让别人为她的病担忧、问长问短。当然，金阿姨也从来不去打听别人生病的情况。

　　是否公开病情一直是个敏感的话题，因为这牵涉个人的隐私。骨折、因癌症接受化疗等病，是不可能保守秘密的；如果是

HIV（免疫缺陷病毒）携带者、精神类疾病等，就容易隐蔽，至少是短时期内可以隐蔽。通常，像金阿姨这样的年长者，多有不公开病情的意愿，而年轻人则倾向于公开。

互联网时代信息传播飞快，公开病情有利还是有弊，就成为一个值得探讨的问题。

我在报纸上读到一则报道，一位神经科教授坚称病人应当公开病情，理由是公开了你就可能找到应对病的办法，甚至挽救自己的生命，比如说某人需要肾移植，他必须要让所有人知道，因为要找到一个可以匹配的肾是极为困难的。这位教授做过研究，结果显示病人倾向于愿意对家人公开病情，最不情愿的是对邻居、对孩提时代的伙伴公开自己的病情，对工作单位的同事是否公开则居于两者之间。

在网络时代，病人一旦得到医生的明确诊断，往往可以上网浏览以获得各种有价值的信息。病人还自发地通过社交网络建立诸如冠心病、糖尿病、癌症论坛或是俱乐部等交流病情、治疗经验等。专家认为这些社交网络主要是给予病人情感上的支持，这种支持对于病人十分重要。因此，大多数人都愿意公开自己的真实姓名和病情，而有顾虑的人完全可以用化名参加这些专病论坛。

当然，事情也有戏剧性的一面。我有一位远房亲戚不幸被诊断为癌症，她在朋友圈里较早地做了公开。结果，在她做"活检"的时候，问候电话如雪片而至，简直难以应付。她的一位闺蜜是个"网络谜"，自告奋勇地说要做我亲戚的"首席信息官"，把病人的信息随时通报，结果，这位"信息官"太尽心尽责了，她甚至把我亲戚进手术室的照片也"晒"在网上了，弄得病人极为不快。

由此见得，凡事不能过分，公开病情也要有一个限度。我的那位亲戚手术后恢复得不错，某日我去看望，她告诉我一个意外的惊喜：她和其他人分享病情的各种信息，在她得到别人帮助的同时，别人也从她自己的病情和经验得到了帮助，她觉得能够帮助别人给她带来了满足感。

写回忆录

不要以为写回忆录仅仅是作家的事，你也可以写！

有研究显示，写回忆录，哪怕是写了只给自己一个人读也是一种自我修炼的过程，回顾经历过的创伤、记录各种有趣的事件，可以使写的人更好地理解生活的含义。

但如果写了是为了发表，或者公开给亲友看，这种效果往往就没有了。这是因为你考虑给别人阅读，写的时候一定会作一定程度的修饰，这就降低了回忆录的可信度。还有一种情况，比如说你一生中遭遇过不少挫折，或者有充满痛苦的经历，写的时候你就需要有宽容心，要客观地来解读这些事件。有研究显示，如果写的时候聚焦于感恩、还愿或者是叙述如何战胜逆境，那对写的人最有益处。

有一位 84 岁的老太太写了回忆录，说这是对自己一生的自我肯定，她在回忆录中表达了感恩。在被丈夫抛弃后，她一个人抚养5个女儿长大，她描写了被抛弃时无比的痛楚，慢慢地，她结交了朋友，报名参加读书班，发现了生活中的真爱。她原谅了前夫并和他又成了朋友。研究认为，人在写自己过去的创伤时心情会松弛，较少抑郁，还会增加自我认知感。有些研究甚至认为写回忆录会增强人的免疫力。

写回忆录实际上是把自己过去的情感、场景转换成文字的一个过程。写的时候作者先要对记忆特别是那些难于接受、甚至带有苦涩的记忆进行梳理，再把片断的回忆、孤立的事件联系起来，这是回忆录成功的关键所在。写得精彩的回忆录，它的作者一定是一个勇于面对事实、正视自己的经历并且能够作自我解剖的人。

写回忆录也有风险，往事并不如烟，可以想象，把自己痛苦的经历展示在纸上需要诚实，也需要极大的勇气。有时，回忆的内容可能会伤害到别人，同时伤害到自己。如果写的时候无休止地纠缠在同一话题上，或是越写越觉得气愤、越感到愤怒，那就应该停止继续往下写。

那么，一生中负面经历很多的人，比如说偷过东西、坐过牢、吸过毒等，能不能写回忆录呢？能！心理学专家认为，好比看完一部悲剧电影，人们会情绪低落，充满悲伤，但是一小时以后就逐步恢复正常了。回忆过去的负面经历，正视做过的错事，会使人引以为戒，而且认真思索："我今后该如何生活？"

不容置疑的是，写回忆录仅仅是给自己看还是给读者看（哪怕是很小范围的读者），写法是有很大的不同的。当有读者时，作者往往会省略掉一些细节，甚至对故事做一些改动，对一些敏感、尖锐的问题做一些妥协。即使是这样，读者还是可以通过读回忆录知道作者是怎样一个人，以及，他（她）是如何成为这样一个人的。

　　许多年长者一生坎坷、阅历丰富，把这些经历用朴素的语言写下来，让孙辈们读到你们插队落户时曾在内蒙古放过牛、在安徽喂过猪，他们会多么兴奋激动！而你也会有一种成就感和自豪感。

后记

　　上海有一种隐藏在骨子里的魅力，这种魅力不仅是繁华、财富、气势恢弘，更是体现在日常生活的细节上。这些细节，经过了长年累月的栽培，形成了一种特殊的品位，使上海成为中国、乃至于世界上最为了不起的城市之一。

　　我想用几十年前所摄的一组老照片来作为本书的后记。

　　1970 年秋天，下雨天，在黄浦公园。

　　那个时代，极左思潮统治一切，人们日常生活单调贫乏，谈情说爱成为禁忌。没有咖啡馆，没有茶室，许多电影院都歇业。

　　雨天的黄浦公园，罕有人

迹，只见一对情侣，以伞遮雨，天公不作美，却使两人世界更甜美。

陈保平、陈丹燕所著《住在武康大楼》中提到对我家的采访，说："（我的）家是我们访谈对象中房子保护得最好的。"这张照片的水波纹玻璃、木头信箱和信箱的插销，都是九十年前的原物。保护好历史建筑的每一个细节，是我们住户的责任。

1970 年秋天，下雨天，上海外滩。

背景外白渡桥上可见当时的"巨龙"公交车在爬行，右上角的上海大厦悬挂着标语口号的条幅——这是那个时代的特色。

一群舢板从苏州河钻过外白渡桥鱼贯而入黄浦江，正中那只船有风帆，船老大穿着雨衣，凝视着波光粼粼。

晌午时分、炊烟袅袅，船队缓缓而行，它们去哪儿？去闵行、去松江、或许是去浦江上游的一个小村庄⋯⋯

两张照片的拍摄位置完全一样——武康大楼的 7 楼东窗。

第一张照片大约摄于 1975 年，照片正中可见上海电视台的发射塔，它应该是 1975 年左右建成的。第二张摄于 2018 年，用依尔福黑白胶卷，苏联卓尔基 3C 相机，朱彼特-8 镜头，层次感非常好。

家住武康大楼六十多年，时代在前进，生活在变化，窗外的景色更是巨变。第一张照片右边可见锦江饭店中条（18 层，原国宾馆），左边是上海展览中心的尖塔，正中是复兴中路 24 号卫乐公寓和上海电视台发射塔。2018 年的照片上，上述建筑已经被蜂拥而起的高楼所遮挡。

用胶卷相机拍摄景物，我们把焦距对在"无穷远"，现在，当我们结束《我的上海，我的家》的时候，我们也憧憬着上海的"无穷远"——上海一定会越变越美好！

周炳揆

图书在版编目（CIP）数据

我的上海我的家/周炳揆著. —上海：上海三联书店，2022.8
ISBN 978 - 7 - 5426 - 7706 - 8

Ⅰ. ①我… Ⅱ. ①周… Ⅲ. ①随笔－作品集－中国－当代 Ⅳ. ①I267.1

中国版本图书馆 CIP 数据核字（2022）第 050600 号

我的上海我的家

著　　者 / 周炳揆

责任编辑 / 刘　琼　李巧媚
装帧设计 / 徐　徐
监　　制 / 姚　军
责任校对 / 张大伟

出版发行 / 上海三联书店
　　　　　（200030）中国上海市漕溪北路 331 号 A 座 6 楼
邮　　箱 / sdxsanlian@sina.com
邮购电话 / 021 - 22895540
印　　刷 / 上海惠敦印务科技有限公司

版　　次 / 2022 年 8 月第 1 版
印　　次 / 2022 年 8 月第 1 次印刷
开　　本 / 890 mm × 1240 mm　1/32
字　　数 / 250 千字
印　　张 / 11.75
书　　号 / ISBN 978 - 7 - 5426 - 7706 - 8/I·1765
定　　价 / 48.00 元

敬启读者，如发现本书有印装质量问题，请与印刷厂联系 021 - 63779028